AF239786

Theresa L. Fischer

Strider
Die Reise beginnt

Teil 1 einer Fantasy-Trilogie

Dieses Buch ist auch als Hardcover oder E-Book erhältlich.

Bibliografische Information der Deutschen Nationalbibliothek:
Die Deutsche Nationalbibliothek verzeichnet diese Publikation
in der Deutschen Nationalbibliografie; detaillierte bibliografische Daten sind im Internet über http://dnb.dnb.de abrufbar.

www.theresa-fischer.com
© 2022 Theresa L. Fischer
Covergestaltung: Monika Fischer

Die Charaktere dieses Buches sind frei erfunden.

Herstellung und Verlag: BoD – Books on Demand, Norderstedt

ISBN: 978-3-7568-4429-6

PROLOG

In der freien Wildbahn lebten einst viele Tiere. Ungezähmt verbrachten einige in Gruppen ihr Leben. So auch die Pferde. Es gab natürlich unzählige Herden von Wildpferden. Ich möchte dir heute von einer ganz bestimmten Herde erzählen.

Die „Herde des Windes" wurde sie genannt. Sie bestand aus schlanken, schnellen Pferden, die nur schwer zu fangen waren. Selbst die kleinsten Fohlen konnten schon ein paar Tage nach ihrer Geburt deutlich schneller als andere Fohlen laufen. Das war auch nötig, denn die Raubtiere in der Wildnis waren zäh. Oft hungerten sie tagelang, bis sie einmal Beute erlegen konnten. Pferde waren selten darunter. Dennoch kam es ab und zu vor, dass Jäger die Herde angriffen.

Nun waren die Pferde der Herde des Windes sehr stolze Tiere. Sie bildeten sich etwas auf ihre Schnelligkeit ein und verspotteten oft langsamere Lebewesen, auch gegenseitig. Fohlen begannen schon mit wenigen Tagen, um die Wette zu laufen und sich zu messen. Der Lebensweg war bereits vorbestimmt, wenn das Fohlen langsam, pummelig oder zu stämmig war. Meist wurde es dann vom Herdenchef verstoßen. Grausam, wenn du mich fragst.

Entweder starben diese Fohlen ohne Schutz oder sie überlebten und schlossen sich einer anderen Herde an. Dies war zwar sehr selten der Fall, aber es gab dennoch Überlebenskünstler. Andere wiederum wurden von Menschen eingefangen, gezähmt und als Reit- oder Arbeitstier verwendet.

Die Geschichte, die ich dir nun erzählen will, handelt von einem Fohlen, das sich auf eine Reise begibt.

Sein Name war Strider.

1. KAPITEL

Die Geburt war schwer. Niemand half Peres dabei, nicht einmal ihr Hengst Somuran. Er stand etwas entfernt auf seinem Hügel und streckte die Nüstern in den Wind, um nach Gefahren Ausschau zu halten. Es war ihre erste Geburt und das machte es nicht gerade leichter. Ein verzweifeltes Wiehern erklang, als die dunkle Stute von Wehen durchzuckt wurde. Ihr schwarzes Fell klebte ihr vor Schweiß am ganzen Körper. Endlich drehte der Herdenchef den schlanken Kopf zu ihr um und schritt zwischen den grasenden Pferden hindurch auf sie zu. Er senkte sein Haupt und strich ihr mit den Nüstern ein paar Strähnen aus den Augen. Seine Vorderbeine knickten ein, und er ließ sich neben ihr zu Boden sinken. Zärtlich knabberte er an ihrem Ohr, woraufhin Peres sich ein wenig entspannte. Doch nur einen Herzschlag später wurde sie von einer neuen Schmerzwelle überrollt. Ihr Bauch krampfte zusammen und plötzlich lag sie still.

Somuran sah an ihrer Seite herab. Ihr Bauch hob und senkte sich rasch und ihre sehnigen Muskeln wirkten schlaff. Er hob den Kopf noch ein Stück weiter und sah etwas unter dem dunklen Schweif liegen. Somuran sah noch einmal zum Kopf seiner Stute zurück, dann stand er auf und tappte um ihre weißen Beine herum zu ihrer Hinterhand. Das kleine Etwas unter dem schwarzen Langhaar bewegte sich und Somuran erkannte sein Fohlen. Er senkte den Kopf und streckte die Nüstern schnuppernd in die Richtung des Fohlens. Plötzlich ging ein Ruck durch Peres Körper und er hörte ihre Stimme von rechts her, wo ihr Kopf lag.

„Du musst die Fruchtblase durchbeißen."

Sie klang erschöpft und Somuran wagte nicht, ihr zu widersprechen. Zögerlich stupste er das Fohlen an. Es zuckte, konnte sich aber nicht gut bewegen. Somuran zog die Lippen zurück und biss vorsichtig die durchsichtige Hülle durch, die das kleine Wesen behinderte. Sofort löste sich das Fohlen aus seiner Position und regte sich. Peres bewegte sich ebenfalls und Somuran merkte, dass sie versuchte, aufzustehen. Er eilte zu ihrer Schulter und half ihr hoch. Kaum stand die Stute, drehte sie sich zu ihrem Fohlen um und begann, es trocken zu lecken. Nach einigen Momenten der Stille hörte Somuran, dass die anderen Pferde näher gekommen waren. Schützend stellte er sich vor die Rappstute und das Fohlen. Er legte die Ohren an, um vor allem die Junghengste daran zu erinnern, dass er der Chef war.

Bald würde die Zeit kommen und sie würden die Herde verlassen müssen, doch bis dahin war er für sie verantwortlich. In diesem Moment war ihm der Schutz seines jüngsten Fohlens am wichtigsten. Die älteren Stuten blieben weiter weg stehen, die jüngeren drängten sich zwischen die Junghengste. Somuran betrachtete seine Nachkommen kurz und presste dann die Ohren noch weiter an den Kopf.

Deliah trat zurück, Surej und Rafil folgten ihr. Lorin blieb als Einzige zwischen ihren Brüdern stehen. Somuran sah sie scharf an und schließlich ging auch sie einen Schritt zurück. Alle Pferde hier wussten: Wer nicht gehorchen will, nimmt in Kauf, verstoßen zu werden. Nun drängten sich die Junghengste noch näher. Somuran wurde es zu viel. Er bäumte sich auf und gab ein lautes, warnendes Wiehern von sich.

Filjao, der Älteste unter den Junghengsten, machte Anstalten, sich ebenfalls zu erheben und zu kämpfen, doch Anio hielt ihn davon ab. Der Falbe packte Filjao am Mähnenkamm und brachte ihn so dazu, am Boden zu bleiben. Er beruhigte sich schnell und Somuran war stolz auf Anio. Lefag und sein Zwillingsbruder Braem waren wortlos drei Schritte zurückgegangen und sahen voll Ehrfurcht zu ihm auf. Anio hatte Filjao davon überzeugt, dass es besser wäre, einfach nachzugeben. Der Fuchs wollte erst nicht, ging dann aber langsam zurück. Anio folgte ihm.

Nun stand nur noch Jamak vor dem Herdenchef. Somuran kam auf seine Vorderhufe zurück, starrte aber den dunkelbraunen Junghengst weiter finster an.

„Was willst du?", knurrte er.

Jamak sah ihn nur mit ausdruckslosen Augen an.

„Ich will meinen Bruder kennenlernen."

Somuran erschrak.

Woher wusste Jamak, dass das neugeborene Fohlen ein Hengst war?

Insgeheim war er traurig, er hatte sich eine Tochter gewünscht, da alle seine Söhne ihn letztendlich verlassen mussten. Seine Töchter hingegen würden ihr Leben bei der Herde verbringen. Peres' Stimme riss Somuran aus seinen Gedanken.

„Somuran? Somuran!"

Er blinzelte und sah sie neben sich stehen. Aus dem Augenwinkel konnte er noch helles Fell zwischen ihren Hinterbeinen sehen.

„Stellst du ihn nun vor? Er hat noch keinen Namen."

Somuran sah Peres ins Gesicht und sah kein Fünkchen mehr von der Erschöpfung, die sich vorhin darin abgezeichnet hatte. Ihre Augen waren kalt und starr.

Was ist los mit ihr? schoss ihm durch den Kopf. Er drehte sein Haupt wieder den anderen Pferden zu und sprach mit so ruhiger Stimme, wie es ihm möglich war.

„Ihr werdet unser neues Herdenmitglied bald kennenlernen. Ich muss nur noch ein paar Worte mit Peres wechseln. Alleine.", fügte er hinzu, als Lorins Augen neugierig aufleuchteten.

Die Fuchsstute schlug mit dem Schweif, drehte sich aber um und ging davon. Ihre Schwestern folgten ihrem Beispiel. Anio schob Filjao von Somuran weg und Lefag war schon längst außer Hörweite, während Braem versuchte, Jamak zu überreden, auch zu gehen. Der ließ sich nur widerwillig von seinem Bruder davon führen und schaute noch einmal über die Schulter zurück. Bei seinem kalten Blick wurde es Somuran flau im Magen und zum ersten Mal hatte er Angst, den Kampf im Sommer nicht gewinnen zu können. Jamak war stur, stark und konnte andere sehr gut einschüchtern. Somuran riss sich zusammen. Nachdem er sich vergewissert hatte, dass keiner ihnen zuhörte, drehte er sich zu Peres um. Die Rappstute machte keine Anstalten, etwas zu sagen, also begann Somuran selbst.

„Warum hat er noch keinen Namen? Du bist seine Mutter, du hättest ihm schon längst einen geben sollen."

Peres sah ihn mit einem Blick an, den er nicht deuten konnte. Langsam begann sie zu sprechen.

„Ich bin seine Mutter, das weiß ich auch selbst, aber ich habe aus einem guten Grund noch keinen Namen für ihn ausgesucht."

„Und welcher wäre das?", fragte Somuran.

„Ich werde ihn nicht aufziehen. Eine der anderen Stuten soll sich um ihn kümmern. Ich will nichts mit ihm zu tun haben. Dieses Fohlen wird Unheil über die Herde bringen.

Am liebsten wäre es mir, wenn du ihn einfach verstoßen würdest.", erklärte Peres mit einem abstoßenden Blick. Als sie geendet hatte, starrte Somuran sie entsetzt an. Er glaubte schon fast, nicht richtig gehört zu haben, als Peres plötzlich ihr Hinterbein an den Bauch zog und das Fohlen mit dem Schweif nach vorne trieb. Ein kleines, zartes Wesen stolperte hervor und prallte gegen Somurans Vorderbein. Erschrocken hob es den Kopf und sah mit großen Augen zu ihm auf. Somuran war so gebannt von dem Fohlen, dass er Peres völlig vergaß. Ein unsanfter Tritt gegen seine Hinterhand erinnerte ihn daran, dass sie neben ihm stand. Er sah noch einmal auf das Fohlen und blickte dann zu Peres.

„Was hast du gegen ihn? Er ist doch so niedlich. Außerdem solltest du es besser unterlassen, mich zu treten."

Peres ging nicht auf seine Warnung ein. Sie blickte das Fohlen verabscheuend an.

„Tja, auf dich wirkt er vielleicht wie ein einfaches, süßes Fohlen. Aber ich sage dir, das ist er nicht. In ihm schlummert ein fürchterliches Monster, das uns alle verschlingen wird! Du musst etwas unternehmen, bevor es zu spät ist!"

Somuran sah sie an, nicht sicher, ob er belustigt oder verärgert sein sollte.

„Was soll der Schwachsinn? Er ist nur ein Fohlen! Was sollte er schon anstellen?"

Peres schien wütend zu werden.

„Er wird die Herde vernichten!"

Ihre Augen traten panisch hervor und sie schlug wild mit dem Schweif hin und her.

„Angefangen damit, dass er mich umbringen wollte!"

Somuran erstarrte.

„Was wollte er?"

„Mich umbringen! Sprang mir an den Hals wie ein Raubtier dieses kleine Biest!"

Sie funkelte das Fohlen drohend an, woraufhin es Schutz zwischen Somurans Vorderbeinen suchte. Dieser überlegte, was er tun sollte und fasste dann zusammen:

„Du behauptest also, dieses Fohlen hier sei in Wirklichkeit ein Monster, es hat versucht, dich zu töten und will uns alle verschlingen?"

Peres sah ihn an.

„Genau, so ist es."

Somuran wurde nachdenklich.

„Du willst es nicht aufziehen, weshalb du es einer anderen Stute geben würdest? Aber du bevorzugst, dass ich es einfach verstoße."

Die Rappstute warf wieder einen blitzenden Blick auf das Fohlen und nickte abermals. Sie murmelte etwas, das wie „Oder es töten" klang.

„Und was ist, wenn ich es weder verstoßen, noch töten will und es einfach in der Herde behalte?", fragte Somuran.

Diese Aussage schien Peres zu schockieren.

„Du willst ein Monster mitten in der Herde großziehen, wo es die besten Chancen hat, alle zu vernichten?"

Sie trat näher an das kleine Fohlen heran und machte Anstalten, es zu treten. Somurans Instinkt riet ihm, ihr Glauben zu schenken, doch er handelte gegen ihn. Er stellte sich schützend vor das Fohlen und funkelte Peres an.

„Das ist mein Sohn, den du da gedenkst zu verletzen, vergiss das nicht! Er ist außerdem auch dein Sohn, weshalb ich nicht verstehe, warum du solche Angst vor ihm hast. Er ist doch nur ein einfaches Fohlen. Er ist nicht wie du."

Peres zuckte zusammen, langsam hob sie den Kopf und starrte Somuran entgeistert an.

„Woher...?"

Somuran fühlte sich überlegen und antwortete ihr:

„Du lebst schon lange bei uns und bist auch meine Stute. Denkst du, ich würde nicht merken, dass du ein Wesen von einer anderen Welt bist? Ich weiß nicht genau, was, aber ich weiß, dass deinesgleichen unter normalen Umständen niemals Seite an Seite mit unsereins leben könnten. Du bist hier das eigentliche Monster, Peres."

Ihre Augen blitzten kurz auf, dann drehte sie den Kopf weg. Somuran wollte plötzlich Antworten auf seine Fragen.

„Also, was bist du?"

Peres senkte den Kopf und auf einmal wurde ihr Fell heller. Nach ein paar Herzschlägen war es so strahlend weiß, dass Somuran die Augen zusammenkneifen musste, um nicht geblendet zu werden.

„Du hast Recht, keiner meiner Art würde bei euch wohnen wollen. Normalerweise seid ihr Beute für uns und wir sind die Jäger. Ich nicht, ich bin anders. Ich hatte mich verliebt und beschlossen, meine Vergangenheit hinter mir zu lassen. Ich bin ein Kelpie, Somuran, ein Jäger, ein Täuscher, ein hinterhältiges Wesen."

Noch während sie sprach, wurde das Licht schwächer und als Somuran die Augen wieder öffnete, merkte er, dass Peres Fell nicht mehr weiß war. Auch nicht schwarz, sondern fuchsbraun.

„Wie machst du das?"

Die Frage war ihm herausgerutscht, noch bevor er sie fertig gedacht hatte. Peres sah ihn fragend an, dann warf sie einen Blick auf ihr Fell und seufzte.

„Ich kann jede beliebige Fellfarbe und Statur annehmen. Ich sagte doch, ich bin ein Täuscher. Wir Kelpies jagen, indem wir unsere Opfer, meist junge Menschen, ins Wasser führen und sie dort ertränken. Viele Menschenkinder sind schon auf diese Weise gestorben. Ihre Familien suchen teilweise immer noch nach ihnen. Doch die Opfer sind spurlos verschwunden. Ich glaube, die Menschen wissen nicht einmal, dass es uns überhaupt gibt. Ich habe mich von all dem abgewandt, als ich mich damals in dich verliebt hatte. Ein Blick kann eben alles ändern. Ich hatte das Gefühl, hier gehöre ich hin und ich habe mich entschieden, zu bleiben. Ich hatte dich schon eine ganze Weile beobachtet. Du mochtest dunkle Stuten, also habe ich mich in eine Rappstute verwandelt und dich damit in meinen Bann gezogen. Du weißt noch, als wir uns das erste Mal gesehen haben? Du warst so stark und ich so schwach. Du hast dich um mich gekümmert. Ich hatte eine Weile kein Fleisch mehr gehabt, aber das konnte ich dir nicht sagen, also musste ich beginnen, mich wie ihr von Gras und Pflanzen zu ernähren. Anfangs war es gar nicht so schwer, doch oft, wenn ich ein Raubtier in der Nähe gerochen hatte, wollte ich mich auf es stürzen und meine Zähne in es schlagen. Ja, ich habe Zähne. Reißzähne. Ich will dich nicht verschrecken, aber du sollst Bescheid wissen."

Und schon wuchsen ihre Eckzähne, wurden spitzer, lang und gefährlich. Somuran wich einen Schritt zurück und Peres ließ sie schnell wieder verschwinden.

„Tut mir Leid, ich hätte wissen sollen, wie du reagieren würdest."

Sie drehte den Kopf weg und ihr Fell wurde wieder so schwarz, wie Somuran es gewohnt war. Er fasste sich wieder und fragte:

„Aber warum denkst du, dass dein Sohn gefährlich ist?"
Peres Ohren schnellten in seine Richtung. Ihr Kopf
folgte.
„Kelpies ist es nicht gestattet, bei normalen Pferden zu
leben. Geschweige denn, ein Fohlen mit einem zu bekommen. Und da ich trotzdem eines zur Welt gebracht habe,
bin ich gefährdet, von den anderen Kelpies gejagt und getötet zu werden. Wenn sie aber nicht von ihm erfahren,
habe ich die Chance, normal weiterleben zu können. Deshalb wollte ich, dass er von hier verschwindet. Ob tot oder
lebendig, die Kelpies dürfen ihn nicht finden."
Somuran war schockiert. Eine Flut aus Fragen überwältigte ihn:
„Töten sie ihn, wenn sie ihn finden? Woher wissen sie,
dass er nicht der Sohn einer anderen Stute ist? Oder ob er
nicht einen Kelpie-Vater hat?"
Peres schnaubte resigniert.
„Kelpies haben einen sehr ausgeprägten Geruchssinn,
sie merken an seinem Geruch, dass ich seine Mutter bin
und du sein Vater. Sie erkennen normale Pferde, weil ihr
nicht nach Wasser riecht, wie wir. Und dann töten sie erst
ihn und schließlich mich."
Somuran wurde verzweifelt. Also sollte er seine Stute
und sein Fohlen verlieren? Das konnte er nicht zulassen. Er
musste etwas unternehmen! Nur was?

2. KAPITEL

Somuran schlief schlecht. Er dachte die ganze Zeit an Peres und seinen Sohn. Das Fohlen hatte immer noch keinen Namen und schlief bei Omir, einer der älteren Stuten, welche sich bereit erklärt hatte, Peres Sohn aufzunehmen. Somuran war sich nicht sicher, was er mit dem kleinen Hengst tun sollte. Er konnte ihn doch nicht einfach verstoßen, denn das Fohlen hatte eine Chance verdient.

Gleich darauf fiel ihm ein: Wenn die Kelpies uns finden, verliere ich sowohl ihn als auch Peres. Und das wollte er auf keinen Fall. Dann würde er einfach dafür sorgen müssen, dass die Kelpies sie nicht finden konnten, überlegte er. Sie mussten ihr Gebiet verlassen und weiterziehen. Das letzte Mal, als die Herde weiter gewandert war, war schon lange her. Damals war Somuran erst ein paar Wochen alt gewesen. Vielleicht war es Zeit, dass sich die Dinge änderten. Ja, er hatte entschieden.

Bei Sonnenaufgang würden sie losziehen und da er jetzt ohnehin nicht mehr schlafen konnte, stand Somuran auf und trabte leise auf den Hügel, wo er immer Wache hielt. Zedio hatte ihn in der Nacht vertreten, so wie er es auch jede andere Nacht tat. Somuran blieb neben seinem ältesten Sohn stehen und sah ins Tal hinunter. Alles war still, eine ruhige Nacht.

„Wir werden weiterziehen. Morgen früh brechen wir auf."

Zedio zuckte nervös mit den Ohren und Somuran spürte seinen unbehaglichen Blick von der Seite.

„Ich dachte, du willst erst weiter, wenn die Junghengste weg sind?"

Zedios Stimme war leicht angespannt. Plötzlich erinnerte sich der Herdenchef wieder, was er vor ein paar Wochen beschlossen hatte. Nämlich, dass er mit den Stuten und Fohlen weiterwandern würde, um zu vermeiden, dass die Junghengste es wagen könnten, noch einmal gegen ihn zu kämpfen. Somuran war jetzt seit etwa vier Jahren Herdenchef und er wollte noch nicht gehen. Damals hatte er seinen Vater Samil besiegen können. Dieser war alt und schwach gewesen und hatte Somuran keine Schwierigkeiten bereitet. Schließlich hatte er gewonnen und Samil musste die Herde verlassen. Somuran hatte nie wieder etwas von ihm gehört, vermutete aber, dass er längst tot war. Nun hatten alle Stuten mitsamt ihren Fohlen ihm gehört, und er genoss es, Anführer zu sein.

Seine ersten Fohlen waren eine Palominostute namens Wijoy und Zedio, ihr Zwillingsbruder. Bald danach kam Deliah. Nach ihnen kamen in dem Jahr nur mehr Hengstfohlen zur Welt, Filjao, Jamak und Anio.

Im nächsten Jahr ging es mit Hengsten weiter, angefangen mit Braem und Lefag, gefolgt von Elir und Kolag. Glücklicherweise wurden dann noch Surej, Rafil und Lorin geboren.

Seine jüngsten Töchter waren jetzt ein Jahr alt. Sie hießen Ulenja, Ikan, Galia und Hijai. Seine Söhne in demselben Jahr waren Chesire und Varein.

In diesem Jahr erwarteten fünf Stuten Fohlen. Da Peres schon geboren hatte, waren noch vier Geburten ausständig. Trächtig waren Bezuli, Nortja, Omir und Maley. Omir würde sich bald um zwei Fohlen kümmern müssen, doch die erfahrene Mutter konnte das bestimmt. Mehr Sorgen machte sich der Herdenchef um Maley. Die Stute war erst vier Jahre alt, sie war das letzte Fohlen gewesen, das geboren wurde, bevor Samil gegangen war. Somuran war so in Gedanken versunken, dass er Zedio erst nicht hörte, der zu ihm sprach. Es dauerte ein paar Herzschläge, bis er die Stimme des Junghengstes wahrnahm.

„...warten willst."

Eine Pause entstand und Somuran wurde es unangenehm. Er hatte nicht einmal die Hälfte verstanden. Zögerlich fragte er nach. Zedio schnaubte nur und wiederholte seine Frage.

„Bist du dir sicher, dass du nicht noch warten willst?" Die Vernunft seines Sohnes traf Somuran wie der Angriff eines Pumas. Er war stolz auf ihn. Zedio dachte nicht an sich, oder an die Vorteile, die er hätte, wenn er den neuen Aufenthaltsort der Herde kannte, sondern nur an das Wohl der Stuten und Fohlen. Für sie wäre es definitiv besser, wenn die Junghengste nicht wussten, wo sie waren.

„Ich bin mir sicher. Vielleicht wäre es besser, die Junghengste jetzt schon fort zu schicken? Was meinst du?"

Zedio wirkte nicht überrascht. Er antwortete in leicht sachlichem Ton.

„Es entspricht zwar nicht unserer normalen Routine, aber es ist möglich. Das musst du entscheiden."

Somuran nickte, schickte Zedio schlafen und übernahm seine Wache. Währenddessen überlegte er, ob es wohl gut wäre, seine Söhne wirklich schon zu verstoßen. Die Nacht war ruhig und bald hatte er eine Entscheidung getroffen. Noch bevor die Sonne aufging galoppierte er den Hang hinunter zu den anderen, bäumte sich auf und stieß ein lautes Wiehern aus.

Viele Köpfe schossen in die Höhe, ein paar Pferde sprangen alarmiert auf die Beine. Somuran ließ sich auf die Hufe zurückfallen und wartete, bis alle wach und versammelt waren. Erst, als ihn alle aufmerksam ansahen, begann er zu sprechen.

„Ich habe beschlossen, dass die Junghengste heute gehen müssen. Wer sich dazu entschlossen hat, einen Kampf gegen mich zu wagen, soll sich bis Mittag vorbereitet haben."

Damit machte er kehrt und trottete auf seinen Hügel zurück. Hinter sich vernahm er überraschte und auch empörte Stimmen, doch er achtete nicht darauf. Als er oben angekommen war, merkte er, dass Zedio ihm gefolgt war. Der braune Hengst stand neben ihm und seine Silhouette zeichnete sich vor dem heller werdenden Himmel ab. Somuran sagte eine Weile nichts, dann fragte er:

„Wirst du kämpfen?"

Zedio sah weiterhin über das Tal vor ihnen.

„Ich denke nicht. Zum einen will ich nicht gegen meinen Vater kämpfen, was zwar gegen unsere Natur ist, aber ich weigere mich trotzdem. Zum anderen habe ich nicht das Verlangen zu kämpfen. Ich bin noch nicht bereit, eine so große Herde zu führen. Ich denke, ich gehe kampflos und gründe meine eigene Herde wo anders. Das ist für uns alle besser."

Er dachte schon wieder an alle, statt nur an sich. Somuran bewunderte den Junghengst für seine Fürsorglichkeit und hoffte, dieser wusste seine Gabe zu schätzen. Er drehte den Kopf und begann, das Fell an Zedios Schulter zu beknabbern. Sein Sohn folgte seinem Beispiel und so standen sie eine Weile da. Irgendwann sagte Zedio:

„Ich übernehme die Wache. Ruh du dich aus. Du hast seit gestern früh nicht mehr geschlafen und sollst um Mittag mehrere Kämpfe austragen. Es ist klüger, wenn du wenigstens etwas entspannst, bevor sie losgehen."

Somuran unterdrückte einen weiteren Anflug von Zuneigung und nickte. Erst jetzt merkte er, wie müde er tatsächlich war. Seine Augen fielen ihm zu, kaum dass er sich unter seiner Fichte hingelegt hatte.

Warme Nüstern stießen Somuran in die Seite und er öffnete die Augen. Omir stand neben ihm, ihr dicker Bauch hob und senkte sich bei jedem Atemzug.

„Dein Sohn fragt nach dir."

„Welcher?"

Somuran war einen Moment lang so verwirrt, dass er nicht wusste, was er sprach. Omir gab ein leises, belustigtes Schnauben von sich.

„Der, der immer noch keinen Namen hat, weil ich nicht seine richtige Mutter bin und du ihm noch keinen gegeben hast."

Sie trat zurück, als der Herdenchef sich aufrappelte und ihr zu ihrem Schlafplatz folgte, wo das jüngste Herdenmitglied wartete. Somuran hatte seinen Sohn noch nie so genau betrachtet und merkte erst jetzt, dass er ihm sehr ähnlich sah. Er hatte das gleiche helle Fell und die dunklen Augen. Einzig die Farbe seines Langhaars und der Beine war anders. Während Somurans Beine und Langhaar hellbraun waren, schimmerte das kräftige Schwarz an dem kleinen Fohlen und bildete einen perfekten Kontrast zu dem hellen Fell. Das Maul des jungen Hengstes war ebenfalls schwarz, Somurans eigenes war dunkelbraun.

Sein Sohn sah mit großen Augen zu ihm auf. Omir übersetzte seine Geste damit. Er wollte wissen, warum die Hengste kämpfen mussten.

„Ich habe ihm erklärt, dass das in unserer Herde nun einmal so ist, aber er will es nicht verstehen. Er redet die ganze Zeit von Pferden im Wasser, die alle beisammen leben und bei denen keiner weggehen muss. Ich glaube, er spielt ein wenig verrückt, obwohl er noch so klein ist." Sie warf einen liebevollen Blick auf den kleinen Falben. Dieser widersprach ihr mit quietschender Stimme. „Ich bin nicht verrückt! Es gibt wirklich Pferde, die im Wasser leben. Sie haben spitze Zähne und können so aussehen, wie sie wollen. Egal ob schwarz oder braun oder weiß."

Somuran erschrak. Sein Sohn sprach, als hätte er bereits ein Kelpie gesehen. Aber das hat er ja! Er war dabei, als Peres und ich darüber geredet haben! Er muss sie gesehen und es sich gemerkt haben! Aber woher weiß er, dass sie in Gruppen im Wasser leben? Omir riss ihn aus seinen Gedanken.

„Willst du ihm jetzt einen Namen geben? Ich denke nicht, dass es gut wäre, noch länger zu warten."

Somuran sah erst sie an, dann seinen Sohn. Das Fohlen war schlank, aber gut gebaut. Es hatte lange Beine, die zum Laufen wie geschaffen schienen. Der Kopf war klein, aber hübsch.

„Ich überlege mir einen Namen. Bis dahin: komm, mein Kleiner, wir gehen spielen."

Er stupste den kleinen Hengst sachte mit dem Maul an, damit er ihm folgte. Er trottete davon und sein Sohn sprang ihm nach. Somuran ging in einen langsamen Trab über und beobachtete, wie auch das Fohlen schneller wurde. Als er begann, schnell zu traben, folgte ihm der kleine Falbe in einem zügigen Galopp. Er rannte neben seinem Vater her und wieherte ihm fröhlich zu.

Und plötzlich wusste Somuran, wie er seinen Sohn nennen würde. Strider. Der Läufer. Er drehte um und kehrte zu Omir zurück, die sich hingelegt hatte. Bei ihr angekommen, wandte er den Kopf und sah einen hellen Fleck auf ihn zurasen. Und schon krachte das Fohlen in ihn hinein und stieß ihn um. Somuran fand sich auf dem Boden wieder, sein Sohn lag auf seiner Flanke und keuchte. Der Herdenchef rappelte sich hoch und half auch dem jungen Hengst auf die dünnen Beine.

Dann sah er Omir an und verkündete, dass er einen Namen gefunden hätte. Omir blickte fragend zu ihm hoch und er fuhr fort:

„Kleiner, von nun an wirst du Strider heißen, zu Ehren deiner Schnelligkeit und Wendigkeit."

Er sah seinem Sohn in die erstaunten Augen und merkte, wie sehr er sich freute, ihn zu haben. Selbst, wenn Strider eines Tages gehen musste, konnten sie sich dennoch drei schöne Jahre machen.

3. KAPITEL

Somuran schritt zwischen den Stuten hindurch in den Kreis, in dem die Kämpfe stattfinden würden. Er hatte noch eine Weile mit Strider gespielt, bevor er sich darauf vorbereitet hatte, dass er bald kämpfen musste. Nun war er energiegeladen und voller Zuversicht, dass er gewinnen würde. Zedio, Filjao, Jamak und Anio warteten im inneren des Kreises auf ihn. Sobald er vor ihnen stehen blieb, senkte Zedio den Kopf, zum Zeichen, dass er kampflos gehen würde. Nach kurzem Zögern und abschätzenden Blicken tat Anio es ihm nach. Er warf einen Blick auf Filjao, den Somuran nicht deuten konnte. Filjao und Jamak blieben hoch erhobenen Hauptes stehen und sahen ihm herausfordernd entgegen. Da Filjao der Ältere war, durfte er beginnen. Zedio und Anio stellen sich zwischen die Stuten, Jamak trat ein paar Schritte beiseite, um den Kämpfenden Raum zu geben.

Somuran schüttelte seine Mähne aus und starrte Filjao finster an. Sein Sohn erwiderte den Blick mit zusammengekniffenen Augen. Dann bäumte er sich auf und ging auf Somuran los. Der hatte nur auf diesen Moment gewartet, sprang vor und rammte Filjao den Kopf in den Bauch. Als Rache verpasste dieser ihm einen kräftigen Schlag des Vorderhufes in den Rücken. Somuran stand noch immer unter der Brust des Fuchses und nutzte seine Position. Er stieg auf die Hinterbeine und traf Filjao mit dem Kopf an der Kehle.

Der Junghengst taumelte zurück und seine Vorderbeine trafen wieder auf dem Boden auf. Er rollte wild mit den

Augen und, hätte er Hände gehabt, hätte er sie sich vermutlich an die Stelle gepresst, wo der Kopf des Herdenchefs ihn getroffen hatte. Doch er war noch nicht fertig. Der Fuchs sah seinen Vater wütend an und neue Kampfeslust flammte in seinen Augen auf. Er lief um Somuran herum, der stehen blieb, aber den Kopf mit den Bewegungen seines Sohnes mitdrehte. Als der Junghengst genau hinter Somuran stand drehte er sein Hinterteil zu ihm und keilte aus. Seine Hinterhufe trafen den Herdenchef an der Hinterhand und stießen ihn ein paar Schritte nach vorn. Doch er ließ sich nicht aus der Fassung bringen, drehte um und galoppierte auf Filjao zu.

Die Pferde hinter dem Fuchs wichen erschrocken zurück, doch er blieb stehen. Er stemmte seine Hufe in den Boden und bereitete sich auf einen Frontalangriff vor. Somuran aber hatte etwas anderes geplant. Er sprang kurz vor Filjao ab und flog über seinen Sohn hinweg. Er war so schnell, dass dem Junghengst nicht viel Zeit zu handeln übrig blieb. Der Herdenchef landete hinter ihm und trat heftig aus. Filjaos Hinterhand wurde in die Luft gehoben, seine Vorderbeine verloren den Halt und er landete auf der Brust, den Hals vorgestreckt. Somuran trabte um ihn herum und blieb vor seinen Nüstern stehen. Drohend senkte er den Kopf und sah dem Fuchs in die überraschten Augen.

„ICH bin hier der Chef, kapiert? Du wirst die Herde gemeinsam mit deinen Brüdern verlassen."

Damit trat er zurück und wartete, bis Filjao auf die Beine gekommen war. Der Fuchs schwankte leicht. Aus den Augenwinkeln merkte Somuran, dass Befony, Filjaos Mutter, Anstalten machte, näher zu kommen und ihrem Sohn zu helfen, doch Omir hielt sie davon ab. Der Junghengst ging zurück und ließ seinen Vater dabei nicht aus den Augen, bis er zwischen Zedio und Anio stand. Anio streckte ihm die Nüstern entgegen, doch Filjao schnappte nach ihm, woraufhin er sie sofort wieder zurückzog.

Somuran blickte sich stolz nach seinen jüngsten Töchtern um, die ihn erschrocken und bewundernd ansahen. Doch die Freude hielt nicht lange an, denn jetzt trat Jamak vor. Er wirkte, als würde er seinem Vater am liebsten den Schweif abreißen. Somuran dachte sich eine Taktik aus, mit der er seinen Sohn ganz sicher besiegen könnte, aber viel Zeit blieb ihm nicht. Jamak schien zu wissen, was der Herdenchef tat und griff sofort an. Er stürmte auf ihn zu, bäumte sich auf und wollte die Vorderhufe auf den Kopf seines Vaters niedersausen lassen. Der Falbe hatte aber genug Zeit gehabt, um nachzudenken und reagierte wie ein Blitz. Er wirbelte herum, keilte heftig aus und traf Jamak an der Brust, woraufhin dieser das Gleichgewicht verlor und zurück taumelte, doch er fasste sich schnell wieder und sprang vor den Herdenchef. Ihre Ohren berührten sich fast, als sie sich in die Augen starrten.

Plötzlich schnellte Jamaks Vorderhuf vor, riss Somuran die Vorderbeine unter dem Körper weg und dieser fiel. Der Falbe hörte die umstehenden Pferde erschrocken nach Luft schnappen, dann schlug sein Kopf auf dem Boden auf. Ab diesem Moment war alles schwarz. Somuran wollte nicht aufgeben und spitzte deshalb die Ohren. Er hörte Jamaks Stimme an seinem Ohr, die verkündete, dass er nun die Herde führen wollte. Dieser eine Satz machte Somuran so wütend, dass er nicht wartete, bis seine Sicht zurückgekehrt war. Sein Kopf schnellte nach oben und er spürte das weiche Fell an der Kehle seines Sohnes. Ohne zu zögern, biss er zu.

Jamaks Wiehern hallte in seinen Ohren nach, als der Dunkelfuchs zu Boden sank. Mit einem Schlag kehrte Somurans Augenlicht zurück und er sah den Junghengst am Boden liegen, eine Bissspur an der Kehle. Blut war nicht zu sehen, aber Somuran konnte sich vorstellen, dass es trotzdem höllisch wehtat. Er selbst hatte diese Erfahrung gemacht, als er einen feindlichen Hengst vertrieben hatte. Dieser hatte genau diese Taktik angewandt und Somuran hatte nur schwer weiterkämpfen können. Letztendlich war ihm sein Bruder zu Hilfe geeilt, der damals schon fast drei Jahre alt gewesen war. Nun wusste Somuran, dass es zwar wehtat, der Schmerz aber nicht lange anhalten würde. Deshalb trat er näher an Jamak heran und packte ihn am Schopf. Er zog den Kopf seines Sohnes nach oben und hielt ihn mit den Zähnen am Schopf fest, während er ihm mit dem Vorderhuf einen kräftigen Tritt gegen die Brust verpasste. Der Dunkelfuchs stöhnte auf und zuckte zusammen. Somuran ließ seinen Kopf fallen und schnaubte ihm ins Ohr:

„Denke bloß nicht, dass ich ohne meine Augen auch nur in irgendeiner Weise daran gehindert wäre, dich zu besiegen. ICH führe diese Herde seit vier Jahren und werde auch weiterhin der Chef sein. Daran werden weder du, noch deine jüngeren Brüder etwas ändern. Und jetzt, verschwinde!"

Jamak stand zitternd auf und schüttelte sich die Haare aus der Stirn. Somuran konnte gerade noch die Angst in seinen Augen erkennen, ehe der Hengst herumwirbelte und zwischen den Stuten hindurch und von der Herde weg galoppierte.

Filjao warf seinem Vater noch einen letzten, ehrfurchtsvollen Blick zu und verschwand dann ebenfalls. Anio folgte ihm, drehte aber den Kopf noch einmal in Somurans Richtung und schenkte ihm einen dankenden Blick, den dieser nicht ganz verstand.

Zedio ließ sich etwas mehr Zeit. Er trat näher an den Herdenchef heran und senkte den Kopf als Geste der Unterwürfigkeit. Somuran stupste den Braunen mit den Nüstern an und er hob den Kopf. Ein letzter wohlwollender Blick aus den dunklen Augen des Junghengstes. Er drehte sich um und preschte davon.

Somuran sah ihm nach, und wartete, bis seine Söhne verschwunden waren, dann wandte er sich um und sah voller Stolz über seine Herde. Ein weiteres Mal hatte er gesiegt und die Gunst seiner Stuten gewonnen.

Velay, eine der jüngeren Stuten, trat auf ihn zu und schlug reizvoll mit dem Schweif. Sie streckte die Nüstern vor und begann, Somurans Hals mit den Zähnen zu kraulen. Er schloss die Augen und dachte daran, dass ihr Sohn Varein dieses Jahr ein Jahr alt werden würde, was bedeutete, dass sie kein Fohlen mehr hatte, um dass sie sich kümmern musste. Er öffnete die Augen wieder, als er kleine Hufe nähertrippeln hörte, und sah Strider auf sich zukommen. Er senkte den Kopf und sein jüngster Sohn legte ihm die Vorderbeine an die Stirn.

„Papa hat gewonnen!"

Die Freude des kleinen Fohlens war spürbar und Somuran empfand plötzlich tiefe Zuneigung zu seinem Sohn. Er hob den Kopf sachte, um Strider nicht auf den Boden plumpsen zu lassen und blickte auf. Auch die anderen Stuten waren näher gekommen, seine Töchter bildeten etwas weiter weg kleine Grüppchen.

Die restlichen Junghengste hielten sich im Hintergrund. Nacheinander begannen die Stuten, Somuran das Fell zu kraulen. Er schloss abermals die Augen und genoss es für einen Moment einfach, der einzige Hengst in der Herde zu sein, der das Sagen hatte. Bezuli war die erste, die sich löste. Somuran öffnete die Augen und erkannte, dass sie starke Schmerzen hatte. Ihr dicker Bauch wurde von Wellen durchzuckt und es sah aus, als ob sie gleich zusammenbrechen würde. Der Herdenchef schüttelte die anderen Stuten ab, die sich sofort zurückzogen. Er sprang zu Bezuli und stützte sie auf dem Weg zu ihrem Schlafplatz. Unter der Kiefer glitt sie zu Boden und lag keuchend da. Krampfhaft versuchte sie, ruhig liegen zu bleiben, doch Somuran erkannte bald, dass das zwecklos war.

„Lass es geschehen. Es ist nicht gut, wenn du dich wehrst.", murmelte er ihr ins Ohr.

Ihr Kopf hob sich und sie schnaubte ihn an:

„Hast du jemals ein Fohlen zur Welt gebracht? Weißt du, wie schmerzhaft das ist? Du hast ja keine Ahnung! Es ist nicht so einfach, sich nicht zu wehren."

Ihr Kopf sank kraftlos wieder zurück auf den Boden, als eine neue Wehe ihren Bauch verkrampfen ließ. Somuran packte das schlechte Gewissen.

„Tut mir leid, ich bin keine Stute. Ich habe weder ein Fohlen zur Welt gebracht, noch weiß ich, was jetzt zu tun ist. Hier bist du die Expertin."

Bezuli nickte nur schwach, dann wieherte sie schmerzgepeinigt auf. Sie hatte endlich aufgehört, die aufeinanderfolgenden Wehen zu unterdrücken und spürte nun besonders stark, wie sich ihr Körper verkrampfte. Eine letzte Wehe und es war still. Sie merkte, dass es noch nicht vorbei war, und musste sich anstrengen, um nicht das Bewusstsein zu verlieren. Somuran an ihrer Seite hob den Kopf und sah ein kleines Fohlen unter ihrem Schweif liegen.

„Es ist vorbei.", flüsterte er.

Doch Bezuli war da anderer Meinung.

„Es kommt noch eines.", erwiderte sie leise.

Somuran sah sie erschrocken an. Es hatte schon zweimal Zwillinge gegeben, seit er Herdenchef war. Die letzten beiden waren Braem und Lefag. Lefag hatte damals nur knapp überlebt und jetzt bekam der Anführer wieder Angst. Glücklicherweise verlief die Geburt glatt. Wenig später lagen zwei gesunde Fohlen neben Bezuli, die sich unter ihrer Kiefer ausruhte. Eine kleine Falbstute und ein goldener Hengst, der aussah, wie seine Mutter. Somuran stand bei ihnen und betrachtete die jüngsten Herdenmitglieder stolz. Ein weiterer Sohn, der stark werden und seine eigene Herde gründen würde, und eine weitere Tochter, die bei der Herde bleiben würde. Er war rundum zufrieden und vergaß völlig, dass er eigentlich mit der gesamten Herde weiterziehen wollte.

4. KAPITEL

Blinzelnd öffnete Somuran die Augen und fand sich neben Bezuli wieder, deren Fohlen dicht an seiner eigenen Flanke. Er kniff die Augen zusammen und spähte in die Dunkelheit. Er hatte etwas gehört, etwas Seltsames. Auf dem Hügel am Ende des Tales stand Braem, welchem Somuran die Wache zugeteilt hatte, nachdem Zedio gegangen war. Etwas stimmte aber nicht. Braems Kopf war nicht erhoben, wie er hätte sein sollen, wenn er über die schlafende Herde wachte. Er hing knapp über dem Boden, so, als würde der Hengst dösen. Für einen Moment wünschte sich Somuran Zedio zurück. Er hatte immer aufgepasst und nie gewagt, auch nur an Schlaf zu denken. Aber er verdrängte den Gedanken rasch, stand auf und trabte den Hang hinauf.

Sein Sohn war seltsam ruhig und zeigte auch keine Regung, als Somuran nach ihm rief. Nicht einmal seine Ohren zuckten. Als der Herdenchef schließlich vor ihm stand, erkannte er voller Entsetzen die Ursache dieser seltsamen Stille. Braem war zu Stein erstarrt.

Sein Körper war nicht von Fell überzogen, sondern aus reinem, grauem Stein, welcher im Mondlicht gespenstisch leuchtete. Tatsächlich stand er so da, dass es aus der Ferne so aussah, als würde er schlafen. Grashalme strichen an den Nüstern des Junghengstes entlang. Ein Schauder lief Somuran durch den ganzen Körper. Er hatte damit gerechnet, dass sein Sohn vielleicht einfach müde war, und ihm die Augen zugefallen waren, aber was er hier sah, war das genaue Gegenteil. Die Augen des Junghengstes waren geweitet und auf den Boden gerichtet. Sie wirkten erschrocken, sogar durch den Stein. Während Somuran den ehemaligen Dunkelfuchs betrachtete, vernahm er plötzlich wieder ein Geräusch.

Es war dasselbe, wie das, welches er schon vorhin gehört hatte. Ein leises Fauchen und ein darauffolgendes Wiehern. Somurans Kopf schoss in die Höhe und er lokalisierte die Geräuschursache in der Nähe von Omirs Schlafplatz. *Nein! Nicht sie!* flehte er im Stillen. Der Herdenchef stürmte in vollem Galopp zu der Kiefer, unter der Omir immer schlief, doch er kam zu spät. Sie war bereits nur mehr eine Statue. Mitsamt ihrem dickem Bauch, in dem ein Fohlen schlummerte, dass in ein paar Tagen hätte geboren werden sollen. Somurans Vorderbeine knickten ein und er fiel neben Omirs Körper zu Boden. Könnten Pferde vor Trauer weinen, wäre er bestimmt in Tränen ausgebrochen. Stattdessen presste er nur seine Stirn gegen Omirs Hals und jammerte still in sich hinein.

Plötzlich spürte er, wie sich etwas bewegte. Er dachte schon, dass Omir aufwachen und leben würde, doch es war nicht sie. Hinter ihrem Rücken tauchte ein heller Kopf mit schwarzem Schopf auf, Strider. Somuran spitzte überrascht die Ohren und musterte seinen Sohn. Er schien gesund zu sein, jedoch mindestens genauso verstört, wie sein Vater.

„Ich weiß, was das war. Ich… ich habe es gesehen."

Somuran sah ihn gespannt an.

„Was war es?"

Das kleine Fohlen zögerte, offensichtlich schreckte es davor zurück, zu berichten, was es gesehen hatte. Doch dann begann es trotzdem.

„Da war ein Licht. Ich bin aufgewacht und habe Omir geweckt. Und plötzlich lag etwas Silbernes vor ihr am Boden. Es sah fast ein bisschen aus wie Sand, nur eben nicht sandfarben. Ein Silberstaub oder so."

Je mehr er erzählte, umso sicherer schien Strider zu werden.

„Omir hat gesagt, ich solle mich verstecken. Dann hat sie es sich genau angesehen. Ich habe gehört, wie sie daran gerochen hat und dann ist sie auf einmal ganz hart geworden. Ich habe versucht, sie aufzuwecken oder zu bewegen, aber sie regt sich nicht. Es ist, als wäre ich nicht da."

Sein Gesicht wurde traurig.

„Bin ich etwa unsichtbar?"

Verzweifelt sah er seinen Vater an.

„Aber du siehst mich doch, oder?"

Somuran streckte den Kopf vor und liebkoste seinen Sohn über Omirs Rücken hinweg.

„Ich sehe dich, du bist nicht unsichtbar. Es hat einen anderen Grund, warum Omir nicht aufwacht. Sie… sie ist zu Stein erstarrt. Sie kann sich nicht bewegen. Genau wie Braem. Ich war bei ihm. Er ist auch eine Statue."

Strider blickte den Herdenchef aus großen, erschrockenen Augen an.

„Du meinst… du meinst, sie sind tot?"

Die Frage des kleinen Falben überraschte Somuran. Strider war erst ein paar Tage alt und wusste schon Bescheid über den Tod, erinnerte sich an die Geschichte der Kelpies und dachte tiefgründig über seine Sichtbarkeit nach?

Zum ersten Mal fühlte Somuran sich seltsam bedroht durch seinen Sohn. Nicht einmal Jamak war so schnell so weit gewesen. Sollte ich ihn doch verstoßen? Was, wenn er etwas mit Braem und Omirs Tod zu tun hat? Somuran verdrängte diesen Gedanken rasch in den hintersten Winkel seines Gehirns. Sein Sohn würde schon nichts Böses getan haben. Somuran hatte doch selbst mitbekommen, wie sehr Strider an Omir hing.

Warum sollte er ihr also etwas antun?

Plötzlich erinnerte er sich daran, dass das Fohlen ihn etwas gefragt hatte.

„Ja, ja, ich denke, sie sind tot."

Ihm fiel nichts ein, mit dem er die Tragödie etwas milder hätte erklären können. Strider starrte ihn schockiert an. Somuran wandte den Blick ab und erst jetzt fiel ihm auf, dass Omir den Kopf genauso gesenkt hielt, wie Braem. Ihre Nüstern schwebten nur ein paar Haare breit über den Kiefernnadeln, auf denen sie lag. Somuran vermutete, dass hier wohl der „Silberstaub" gelegen hatte, von dem Strider erzählt hatte. Er rückte seinen Kopf näher an die Stelle und sah tatsächlich etwas Silbernes im schwachen Mondlicht glänzen.

Da begriff er: Strider hat Recht, da ist etwas gewesen.

5. KAPITEL

Somuran lief von Baum zu Baum, weckte ein Pferd nach dem anderen und befahl ihnen, sich in der Mitte der Lichtung zu versammeln. Strider folgte ihm auf Schritt und Tritt und spornte die Pferde an, sich zu beeilen, da sie in Gefahr waren. Bald waren alle beisammen und Somuran trat in ihre Mitte.

„Wie ihr vielleicht schon bemerkt habt, fehlen zwei Pferde. Nämlich Omir und Braem. Die beiden können uns leider nicht Gesellschaft leisten, weil sie..."

„Weil sie tot sind!", beendete Strider Somurans Satz gerade heraus.

Erschrockenes und ungläubiges Luftschnappen war die Reaktion. Lefag trat vor, seine Augen schimmerten im Mondlicht.

„Tot? Was meinst du damit, Kleiner? Sie können nicht tot sein!"

Er hörte sich an, als würde er Strider dazu zwingen wollen, zu sagen, dass sie es nicht waren. Somuran konnte ihn gut verstehen. Braem war Lefags Zwillingsbruder gewesen, sie hatten immer eine starke Bindung zueinander gehabt und hatten selten etwas ohne den anderen unternommen. Somuran selbst war mit seinen Brüdern nie so vertraut gewesen, doch mit Zedio, auch wenn dieser sein Sohn war.

Strider riss ihn aus seinen Gedanken, als er dem Schimmel antwortete.

„Sie sind zu Stein erstarrt. Wenn du einen Weg findest, sie zu befreien, sodass sie wieder leben, nur zu! Ich habe es nicht geschafft. Und glaub mir, ich habe nichts unversucht gelassen."

Lefag wurde verzweifelt und schrie das Fohlen fast an. „Es muss einen Weg geben! Du hast es nur nicht ausreichend probiert! Es muss einfach sein! Braem ist mein Bruder!"

„Und Omir meine Mutter!", konterte Strider, ohne mit der Wimper zu zucken. „Glaubst du, nur, weil sie mich nicht zur Welt gebracht hat, wäre sie mir unwichtig? Außerdem ist meine kleine Schwester mit ihr erstarrt! Und sie war noch nicht einmal geboren!"

Die Stimme des kleinen Falben war nun ebenfalls schrill geworden und Ikan trat rasch vor, um ihn zu beruhigen. Wijoy kam auch dazu. Sie sprach langsam und ihre Worte waren von Trauer begleitet.

„Omir war auch meine Mutter, ebenso die von Taji. Wir werden sie alle vermissen. Selbst die, die nicht ihre direkten Nachkommen sind."

Somuran fiel plötzlich auf, dass Wijoy Zedio nicht erwähnt hatte. Er war ihr Zwillingsbruder und somit ebenfalls Omirs Sohn. Die Palominostute hatte Taji damals weggegeben, und gewollt, dass eine andere Stute ihn aufzog. Trotzdem erwähnte Wijoy ihn.

Wie können ein paar hier die anderen einfach aus ihrem Leben löschen? Sie haben immerhin drei Jahre bei uns gelebt, wunderte sich Somuran.

Als er so darüber nachdachte, merkte er, dass er Zedio vermutlich mehr vermissen würde, als er gedacht hatte.

Der Junghengst war sein erster Sohn gewesen und hatte ihm immer zur Seite gestanden. Nun, da auch Braem nicht mehr hier war, musste er wieder einen neuen Wachhengst bestimmen. Lefag vielleicht? Aber der Schimmel war oft so abwesend... Dann doch lieber Taji. Wenn er es nach dem Tod seiner Mutter verkraftete...

Somuran würde ihn fragen, sobald er dazu kam. Jetzt war erst einmal die Versammlung an der Reihe. Er trat vor, um die Aufmerksamkeit von Strider und Lefag abzulenken und sprach schnell.

„Ich weiß, es ist nicht sehr einfühlsam, so etwas zu sagen, aber wir müssen hier weg. Ich habe keine Ahnung, ob dieses... dieses Etwas, das Omir und Braem getötet hat, noch hier ist, aber ich will es auf keinen Fall auf die unangenehme Weise herausfinden. Ich wollte eigentlich schon gestern nach den Kämpfen weiterziehen, aber es kam etwas dazwischen."

Er warf einen liebevollen Blick auf Bezuli und die beiden Fohlen, die rechts und links von ihr standen. Dann wanderte sein Blick weiter zu Peres, die etwas abseits stand.

„Ich habe einen guten Grund, warum wir weiterziehen müssen und erwarte von euch, dass ihr mir vertraut, auch, wenn ich ihn euch nicht sagen kann. Wir werden in ein paar Minuten aufbrechen. Tut, was ihr noch zu tun habt, aber haltet euch bitte von Omir und Braem fern.

Diffy, Ufyn, Wijoy, Taji und Strider, ihr dürft euch von Omir verabschieden. Aber bitte passt auf euch auf! Mifan, Wyji und Lefag, dasselbe gilt für euch, wenn ihr zu Braem geht. Seid bitte alle in fünf Minuten wieder hier."

Nachdem er geendet hatte, zerstreuten sich die Pferde, gingen sich von den Erstarrten verabschieden oder bereiteten sich auf die Reise vor.

Peres kam zu Somuran, sah ihn aber nicht an.

„Tut mir leid. Das ist alles meine Schuld. Wenn ich nie zu euch gekommen wäre, wärt ihr nicht in Gefahr."

Ihr Kopf blieb gesenkt und Somuran überlegte, was er sagen konnte.

„Wer weiß, was Schuld ist an Omirs und Braems Tod. Ich denke nicht, dass es die Kelpies waren. Sie hätten doch auch sofort dich töten können, anstelle der beiden."

Nun schoss Peres Kopf nach oben und sie starrte ihn entsetzt an.

„Soll das heißen, dir wäre es lieber gewesen, sie hätten mich getötet und Omir und Braem würden noch leben? Das ist es doch, oder?"

Somuran wollte sie beschwichtigen, überlegte es sich dann aber anders und antwortete ihr pampig.

"Ja... ja, vielleicht wäre es besser! Vielleicht müssten wir nicht von hier verschwinden, wenn die Kelpies ihre Rache bereits erledigt hätten. Ich weiß, du warst meine Stute, aber du hast mich belogen. Und zwar drei ganze Jahre lang! Wie konntest du? Ich dachte wirklich, du würdest mich lieben. Ich habe dich geliebt! Aber jetzt…"

Seufzend sah er ihr in die Augen und merkte plötzlich, dass sie heller wurden. Das tiefe Dunkelbraun wurde zu einem helleren Ton und auch ihr Fell wurde blasser. Nach ein paar Herzschlägen stand eine schneeweiße Schimmelstute vor ihm und blickte ihn aus schimmernden, goldgelben Augen an.

„Was…?"

Verwirrt sah Somuran an ihrer Seite hinab und sah nichts als strahlendes Weiß. Kein einziges schwarzes Haar befand sich noch an Peres Körper. Als sein Blick wieder zu ihrem Kopf zurückkehrte erschrak er noch mehr.

Lange, spitze Zähne blitzten auf und er trat rasch ein paar Schritte zurück. Peres nahm eine drohende Haltung ein und ging auf ihn zu. Somuran wich immer weiter zurück, aber die Schimmelstute folgte ihm weiter. Als sein Hinterteil nach etwa zwanzig Schritten gegen einen Baum stieß und er merkte, dass er nicht mehr weiter konnte, richtete er sich auf und sah Peres auffordernd entgegen. Sie blieb dicht vor ihm stehen, ihre Nüstern berührten sich fast.

„Was wird das? Willst du mich umbringen? Du bist doch auch ein Kelpie, es liegt in deiner Natur. Also mach schon, greif mich an!"

Doch die Stute dachte nicht daran. Ohne ihn auch nur eines Blickes zu würdigen, ging sie um den Stamm herum. Erneut verwirrt wandte Somuran den Kopf um, blickte ihr nach und sah sie gerade noch galoppierend im Wald verschwinden.

Was ist los mit ihr? Wozu die Verwandlung? Und was will sie im Wald?

Doch schon Sekunden später beantworteten sich seine Fragen automatisch. Ein Schrei ertönte, von einem Pferd stammte er gewiss nicht. Ein Menschenkind! Sie ist auf die Jagd gegangen. Auf Jagd nach Menschenfleisch. Mit einem seltsamen Gefühl im Bauch und dem Bild des schreienden Menschenkindes im Kopf trabte er zur Herde zurück.

Als er am Versammlungsort ankam, merkte er, dass bereits alle übrigen Pferde hier waren.

Waren das schon fünf Minuten?

Wyji trat vor und sah ihm entgegen.

„Wir beeilten uns und waren schon früher fertig. Da wir dachten, es wäre besser, wenn wir uns nicht noch länger dieser Gefahr aussetzen, sind wir schon zurückgekehrt. Du warst noch nicht da, also haben wir einfach wachsam gewartet. Wir haben nichts gehört oder gerochen."

Strider hopste einen Schritt nach vorn, sodass er neben der dunkelgrauen Stute stand.

„Was war das eben für ein Schrei? Es klang nicht nach einem Pferd oder einem Tier, das ich kenne. Und wo ist Peres?"

Seufzend antwortete Somuran seinem Sohn.

„Das war kein Pferd. Auch kein anderes Tier, das war ein Mensch. Ein Menschenkind, um genau zu sein. Und Peres ist…"

„Ich bin hier.", ertönte die Stimme der Stute hinter ihm. Er drehte den Kopf und sah sie näher treten. Ihr Fell war schwarz wie gewöhnlich und ihre Augen dunkelbraun. Es war, als wäre sie nie ein Schimmel gewesen. Fassungslos über ihre Kühnheit, einfach so hier aufzutauchen, als wäre nichts gewesen, schnaubte Somuran sie an:

„Was hast du hier zu suchen?"

Hoch erhobenen Hauptes kam Peres zu ihm.

„Ich bin bei meiner Herde, was sonst?"

Ihr Ton wurde bei den letzten zwei Worten deutlich schärfer. Somuran konnte sich nicht mehr halten und ging auf sie los.

„Was fällt dir ein, mir so einen Schreck einzujagen? Erst tust du so, als wärst du ein einfaches Pferd, wie alle anderen hier auch, lügst mich ganze drei Jahre lang an, dann bringst du ein Fohlen zur Welt, das eigentlich nie hätte geboren werden dürfen und du willst es nicht einmal annehmen! Schließlich hetzt du mir auch noch deine Artgenossen auf den Hals, weil ich so dumm war, mich auf dich einzulassen! Du hast Recht, nur wegen dir müssen wir von hier weg! Mit den Junghengsten werde ich immer fertig werden, sollten sie noch einmal kommen, aber deine

Freunde kann ich nicht besiegen! Alles ist nur deine schuld!"

Und mit einem drohenden Wiehern sprang er auf sie zu und kam nur haaresbreit vor ihr zu stehen. Hinter sich hörte er fragendes, schockiertes und verblüfftes Schnauben. Peres jedoch starrte ihn nur an. Fast erwartete er, dass ihr wieder ihre Zähne wachsen würden, aber sie drehte sich wortlos um und stürzte panisch davon. Ihre hastige Flucht überraschte ihn zu sehr, sodass er sich keine Mühe machte, ihr zu folgen.

Als Somuran sich wieder zur Herde umdrehte, sahen ihn sämtliche Augenpaare neugierig an. Die Ausnahme war Strider, sein Blick zeigte vollstes Verständnis.

Was soll ich ihnen bloß sagen? schoss es ihm durch den Kopf und Sekunden später antwortete eine zweite Stimme in seinen Gedanken:

Die Wahrheit, was sonst? Sie sind deine Familie, sie werden es verstehen.

Somuran richtete sich auf und öffnete das Maul, um zu sprechen, doch Farnyth trat vor und er schloss es wieder. Die Falbstute war seine Mutter und gleichzeitig auch die Leitstute. Vor ihr hatte jeder Respekt, auch der Herdenchef selbst. Sie war alt und hatte nach Somuran kein Fohlen mehr bekommen. Ihr hellbraunes Fell war inzwischen von zahlreichen weißen Haaren gescheckt und ihre Mähne bestand nur mehr aus ein paar Haarbüscheln. Bald würde sie die Erde verlassen müssen, und wenn es soweit war, würde Somuran eine andere Stute als ihre Nachfolgerin auswählen müssen. Er war sich sicher gewesen, Omir würde sich als neue Leitstute gut machen, aber jetzt schien es, als müsste er sich doch eine andere suchen.

Vielleicht Cady? Sie ist noch nicht zu alt, hat aber schon viele Erfahrungen gemacht. Außerdem freut sie sich immer über Fohlen.

Er schüttelte seine Mähne aus und konzentrierte sich wieder auf die Gegenwart. Farnyth hatte zu sprechen begonnen.

„Was auch immer das gerade war, es ist egal. Jetzt, in dem Moment, müssen wir von hier weg. So schnell wie möglich. Somuran, du kannst uns deine Geschichte was Peres betrifft erzählen, wenn wir in unserem neuen Zuhause angekommen sind. Jetzt haben wir keine Zeit dafür. Seid ihr alle soweit? Die Fohlen, Jährlinge und die ältesten Pferde in die Mitte, die Stärkeren nach außen. Ihr kennt unsere Formation, beeilt euch bitte."

Ihrer Aufforderung wurde sofort Folge geleistet, keiner stellte Fragen oder wagte, auch nur einen Augenblick zu zögern. Bereits nach ein paar Herzschlägen war die Herde bereit, loszuziehen.

Somuran setzte sich neben Farnyth an die Spitze, sah noch einmal zurück auf die Lichtung, die jahrelang sein Zuhause gewesen war und trabte dann an.

Die Reise hatte begonnen. Und wer wusste schon, wohin sie führen würde?

6. KAPITEL

Strider hatte keine Schwierigkeiten, mit den anderen Pferden mitzuhalten. Mühelos trabte er neben Ikan. Die Falbstute war seine erste und bisher einzige Freundin in der Herde. Sie war die Tochter von Cady und die Schwester von Anio. Strider hatte den Falbhengst von Anfang an gemocht. Er hatte eine Ausstrahlung, die dem jungen Fohlen sehr gefallen hatte. Außerdem bewunderte Strider Anio für seine Fürsorge. Der Falbe hatte nicht gegen Somuran gekämpft, warum, wusste Strider nicht, aber er mochte es.

Anio war zwar weg, aber Strider war sich sicher, dass sie gute Freunde geworden wären, wenn er nicht hätte gehen müssen. Ikan war momentan die Einzige, die jetzt für ihn da war. Sein Vater musste die Herde anführen und beschützen, mehr als sonst. Seine leibliche Mutter Peres war geflohen, aus welchem Grund auch immer, und Omir war tot. Sie war für Strider mehr eine Mutter gewesen, als Peres es jemals hätte sein können. Sie hatten nicht einmal zwei Tage miteinander verbringen können, bevor dieser seltsame Silberstaub sie versteinern ließ.

Ich werde dich rächen, Omir. Ich weiß noch nicht, wie und an wem, aber ich werde dich rächen! Versprochen!

Ikan riss ihn aus seinen Gedanken. Die Jährlingsstute stupste ihn mit den Nüstern an und fragte, ob alles okay sei.

Klar, abgesehen davon, dass meine Mutter mich nicht haben wollte, meine andere Mutter tot ist und wir jetzt ein komplett neues Zuhause suchen müssen. Ja, abgesehen davon ist alles okay, dachte Strider verbittert, doch er antwortete schlicht:

44

„Mir geht es gut. So gut es mir gehen kann, nach Omirs Tod."

Ikan schnaubte sanft und verlangsamte ihren Trab. Von hinten kam ein genervtes Wiehern.

„Ikan, was soll das? Du kannst nicht einfach langsamer werden, wenn es dir gerade passt! Wenn du eine Pause brauchst, sag es und wir halten alle an. Brauchst du eine?"

Strider erkannte Kijys Stimme und beschloss lieber still zu bleiben. Die dunkelbraune Stute war sehr reizbar und ziemlich zickig. Mit ihr legte sich keiner so schnell an. Mit Ausnahme der Stuten, die älter waren als sie. Und wie es schien, auch Ikan.

Diese verdrehte die Augen, wandte den Kopf um und erwiderte mit verstellter Stimme, sodass sie wie Kijys klang:

„Nein, ich brauche keine Pause. Tut mir leid, wenn ich, um besser mit meinem kleinen Bruder hier reden zu können mein Tempo ein wenig gedrosselt habe. Ich werde mich bemühen, wieder schneller zu laufen."

Sie wurde wieder schneller und fügte an Strider gewandt hinzu:

„Wie kann man nur so zickig sein? Sie merkt, dass sie älter wird - wir anderen übrigens auch - aber ist das ein Grund, jeden gleich so anzuschnauzen?"

Strider wusste nicht, was er sagen sollte, also schüttelte er einfach den Kopf. Ikan schien zu merken, dass das kein Thema für ein so junges Fohlen war und wandte den Blick nach vorne.

Eine Weile liefen sie schweigend dahin. Der Rhythmus der trappelnden Hufe machte Strider ganz schläfrig und er musste sich mächtig zusammenreißen, um die Augen offen zu halten. Ich werde ganz bestimmt nicht der Erste sein, der schlapp macht, ich... ich... Er konnte den Gedanken nicht mehr fertig denken, denn seine Augenlider fielen zu und es wurde schwarz. Gerade noch konnte er Ikans Stimme hören, die eine Pause ausrief, dann sank er zu Boden und schlief ein.

7. KAPITEL

Blinzelnd öffnete Strider die Augen und helles Sonnenlicht schien ihm ins Gesicht. Geblendet wandte er den Kopf ab und sah Ikan neben sich liegen. Ihre schwarze Mähne bedeckte ihren hellen Hals und ihre Atemzüge waren lang und gleichmäßig. Als Strider sein Gesicht wieder der Sonne zudrehte, merkte er, dass es erst früher Morgen war. Von den anderen Pferden war noch niemand wach außer Elir, der Wache hielt. Die Umrisse des schwarzen Junghengstes zeichneten sich immer dunkler vor dem hellen Himmel ab. Strider stand auf und ging zu seinem Bruder hinüber. Als der Rappe ihn bemerkte drehte er den Kopf weg und sah in die andere Richtung. Mit einem flauen Gefühl im Magen wandte sich auch Strider ab. Er trabte an und suchte nach seinem Vater.

Unter den Bäumen lagen auf Nadeln und verdorrtem Gras die Stuten und jüngeren Fohlen. Die Junghengste schliefen ein Stück weiter entfernt am Rand der Herde. Strider entdeckte Somuran zwischen Bezuli und Nortja, Maley lag in ihrer Nähe und Bezulis Fohlen Ajinoy und Tiney hatten sich dicht an ihn gedrängt. Strider fühlte einen heftigen Schmerz in der Brust. Vor nicht einmal einem Tag hatte er genauso mit Somuran und Omir dagelegen. Aber sie war fort und Somuran, so schien es, auch.

Niedergeschlagen trabte er weiter und fing an zu galoppieren, als er die Herde hinter sich gelassen hatte. Schnell wie der Wind - so kam es ihm vor - rannte er zwischen den Bäumen dahin. Als er ein lautes Wiehern vernahm, blieb er abrupt stehen und sah sich erschrocken um.

Ein schwarzes Pferd trat zwischen zwei Bäumen hervor, seine dunkelbraunen Augen schimmerten geheimnisvoll.

Zwischen ihnen leuchtete ein weißer Fleck und eine Blesse zog sich von den Nüstern bis hinauf und wurde dabei immer dünner. Kurz vor dem Stern endete sie in einer etwas runden Spitze, zwischen dem Fleck und der Blesse war noch schwarzes Fell. Strider trat zögernd auf das fremde Pferd zu und der Rappe tat es ihm nach. Für jeden Schritt, den Strider machte, tat das andere Pferd zwei und schon bald standen sie direkt voreinander.

Ohne zu wissen, was er tat, streckte er dem Neuankömmling die Nüstern zum Gruß entgegen. Sanft berührten ihn die Nüstern des Rappen, als dieser den Gruß erwiderte. Warme Atemluft strich über sein Gesicht und er fühlte sich seltsam ruhig. Aber als das fremde Pferd seinen Namen aussprach, zuckte er erschrocken zusammen. Nicht, weil er seinen Namen noch nicht einmal erwähnt hatte, sondern, weil er die Stimme erkannte.

„Ikan?" Er zog den Kopf zurück und sah mit einem Mal in das braun-graue Gesicht seiner Schwester. „Was… was ist los? Was machst du hier? Wo ist er?"

Die Stute schnaubte sanft.

„Du hast wohl geträumt, Kleiner. Ich bin eben erst aufgewacht und du hast um dich getreten, also habe ich dich geweckt. Was meinst du mit 'Wo ist er?'?"

Strider wusste nicht, was er antworten sollte. Er erkannte, dass es nur ein Traum gewesen war und das machte ihn seltsam traurig.

„Ach nichts. Habe bloß geträumt.", erwiderte er schließlich.

Ikan schien zu verstehen und stand auf. Strider tat es ihr nach und sah sie fragend an.

„Was sollen wir jetzt machen?" Kaum hatte er ausgesprochen, knurrte sein Magen, als Zeichen, dass er Hunger hatte. Ikan erst etwas verdutzt, wieherte lachend auf. „Tja, ich würde sagen, wir suchen uns etwas zu fressen! Ein Stück von hier entfernt vernahm ich gestern den Duft von sattem Gras, lass uns da mal nachsehen!" Strider war nicht wirklich nach Lachen zumute. Er brauchte Milch, kein Gras. Omirs Milch hatte er trinken dürfen, aber sie war tot und von den anderen Stuten hatte ihm noch keine angeboten, sich bei ihr zu stärken.

Bezuli musste selbst zwei Fohlen säugen und Nortja und Maley brauchten ihre Milch vermutlich für ihre eigenen Fohlen, wenn sie geboren wurden. Zaghaft teilte er seine Sorge mit Ikan. Die Falbstute blickte ihn nachdenklich an. „Lass uns Befony fragen, ob sie noch etwas Milch übrig hat. Soweit ich weiß, hat sie Hijai ziemlich lange gesäugt. Vielleicht haben wir Glück und sie hat noch welche."

Sie ging los, zu den Stuten, die neben ihren Fohlen lagen und Strider folgte ihr zögerlich. Hijai schlief neben ihrer Mutter, die Flanken der beiden Stuten hoben und senkten sich gleichmäßig und langsam. Ikan trat leise an Befony heran und stupste die ältere Stute sachte an. Grummelnd öffnete Befony die Augen und hob den Kopf, als sie Ikan erkannte.

„Was gibt's? Ziehen wir schon weiter?"

Ikan schüttelte den Kopf und trat zurück, damit Befony aufstehen konnte. Die Fuchsstute erhob sich und erblickte nun auch Strider. Mit freundlichem Blick begrüßte sie ihn.

„Guten Morgen, mein Kleiner. Hast du gut geschlafen?" Angesichts der Freundlichkeit der älteren Stute entspannte sich Strider. Sie schien ihn nicht sofort wegschicken zu wollen. Ikan sprach für ihn.

„Ich habe ihn geweckt, als er gerade einen scheinbar angenehmen Traum hatte."

Sie warf einen entschuldigenden Blick auf ihn.

„Dann meinte ich wir sollten Futter suchen, aber er ist ja noch ein Fohlen, also…"

„Also frisst er kein Gras, sondern braucht noch Milch.", schloss Befony Ikans Satz ab. „Verstehe. Und dann kommt ihr zu mir?"

Strider zog den Kopf ein Stück ein, aber Ikan übernahm wieder für ihn.

„Ich dachte, weil du Hijai doch länger säugen musstest, hast du vielleicht immer noch etwas Milch übrig. Mir fiel sonst keine Stute ein. Bezuli muss schon zwei Fohlen säugen und Nortja und Maley brauchen ihre Milch für ihre Fohlen. Hijai braucht keine Milch mehr."

Sie verstummte, als sich die dunkelbraune Stute neben ihnen bewegte. Hijai öffnete die Augen und blinzelte verwirrt. Bevor sie fragen konnte, was los sei, trat Befony zu ihr und legte ihr die Nüstern sanft an die Wange.

„Alles ist gut, meine Kleine, schlaf weiter. Du brauchst so viel Energie wie möglich, wenn wir weiterziehen."

Hijai sah ihre Mutter an, dann schloss sie die Augen wieder und sank zurück in den Schlaf. Befony liebkoste sie noch eine Weile, bis sich die Flanke der dunklen Stute gleichmäßig hob und senkte. Strider spürte ein Ziehen in der Brust.

Seine Mutter hatte ihn nie so liebkost, eigentlich hatte sie ihn nie auch nur berührt, ohne die Absicht, ihn zu verletzen. Omir hatte ihn umsorgt, wie Befony es bei Hijai tat, aber jetzt? Wen hatte er, der sich um ihn kümmerte, ihn säugte und an den er sich kuscheln konnte, wenn ihm abends kalt war?

Niemanden, dachte er traurig und ließ den Kopf hängen. Dann spürte er einen warmen Atem im Nacken und wandte den Blick nach oben. Befony stand vor ihm und bot ihm nun an, dass er ihre Milch trinken könnte.

„Ich weiß nicht, wie viel ich noch habe oder wie lange sie für dich reichen wird, Kleiner, aber du darfst sie gerne haben."

Striders Traurigkeit verschwand augenblicklich, dankbar hob er seinen Kopf und stillte seinen Hunger.

8. KAPITEL

Nachdem Strider getrunken hatte, legte er sich noch einmal hin, Ikan an seiner Seite. Die braune Stute erzählte ihm Geschichten von Anio, ihrem Bruder. Er war zwei Jahre älter als sie und hatte immer gerne mit ihr gespielt, als sie noch ein kleines Fohlen gewesen war. Strider hörte ihr aufmerksam zu. Er freute sich, dass er doch etwas mehr von Anio erfuhr und seine Vermutung, dass sie beide gute Freunde geworden wären wurde immer stärker. Ikan beschrieb Anio als einen sanften, freundlichen Hengst, der sich immer um sie gesorgt hatte und auf sie aufgepasst hatte, wenn Cady es nicht konnte.

Auch von Ulenja und Galia erzählte Ikan. Die drei jungen Stuten waren beste Freundinnen gewesen und hatten beinahe alles zusammen unternommen. Aber als Jamak gehen musste und Ajinoy und Tiney geboren worden waren, so erzählte Ikan, hatten sich die beiden Stuten von ihr abgewandt. Bezuli hatte Ulenja als Fohlen verstoßen. Sie war bei Nortja aufgewachsen. Doch die Schimmelstute wollte sich trotzdem um ihre beiden jüngeren Geschwister kümmern.

Jamak war Galias älterer Bruder und obwohl auch er von einer anderen Stute aufgezogen wurde, hing sie sehr an ihm. Sie nahm es Anio übel, dass er nicht gekämpft hatte.

„Sie denkt, wenn er gekämpft hätte, wäre Somuran schwächer gewesen, als Jamak an der Reihe war. Aber weil nur Filjao vor ihm war, konnte Somuran ihn leicht besiegen. Ich weiß nicht, warum sie mich wegen den Entscheidungen meines Bruders verurteilt und verlässt, aber so tickt sie nun mal... Und ehrlich gesagt fehlt sie mir nicht einmal so sehr."

Strider sah Ikan in die Augen und merkte sofort, dass das nicht stimmte. Aber Ikan fuhr schon mit ihren Geschichten fort und ihm blieb keine Zeit etwas zu sagen. Nach einigen weiteren kurzen und langen Geschichten, waren alle anderen Pferde auch wach und Somuran rief aus, dass sie in wenigen Minuten weiterziehen würden.

Strider sah zu, wie die Stuten ihre Fohlen putzten und die Junghengste sich versammelten. Somuran lief von Stute zu Stute, begrüßte die jüngeren, aber auch die älteren Fohlen mit freundlichen Nasenstübern und stellte sich dann in die Mitte der Herde. Nach ein paar Minuten versammelten sich alle bei ihm und trabten dann geschlossen los, Farnyth an der Spitze neben Somuran, die Junghengste am Rand.

Strider, die jüngeren Pferde und die trächtigen Stuten waren in der Mitte, um sie herum die restlichen Stuten. Voll frischer Energie lief Strider zwischen Ikan und Hijai. Die junge, dunkelbraune Stute schien völlig verschlafen und trabte nur sehr langsam. Befony trieb sie mit sanfter Stimme an, aber anstatt schneller zu werden, schleppte sich Hijai nach einer Weile nur mehr im Schritttempo voran. Damit die Formation nicht auseinanderbrach, informierte Kolag Somuran und Farnyth.

Die Herde drosselte ihr Tempo. Gerade als alle in Schritt gefallen waren, brach Hijai zusammen. Befony reagierte schnell und wieherte einen lauten Hilferuf. Sofort kamen die anderen Pferde herbeigelaufen und Farnyth beugte sich über Hijai.

Strider erschrak, als er der einjährigen Stute ins Gesicht sah. Ihre Augen waren glasig und ihr Blick in die Ferne gerichtet. Er kniff die Augen zusammen und versuchte, herauszufinden, wohin sie sah. Doch da trat Ikan von hinten an ihn heran und zog ihn sanft weg. Strider sträubte sich nicht, befreite aber seine Mähne aus ihrem Griff. Gemeinsam gingen sie ein paar Schritte zurück und blieben dann stehen.

Aus kleiner Entfernung sahen sie zu, wie sich Befony und Farnyth um Hijai kümmerten. Aber nach einer Weile bewegte sich die dunkelbraune Stute nicht mehr viel. Sie lag auf der Seite, die Vorderbeine geknickt, die Hinterbeine leicht angewinkelt. Befony legte die Nüstern auf die Flanke ihrer Tochter und Strider sah, dass sie sich langsam auf und ab bewegten.

Plötzlich riss Hijai den Kopf in die Höhe und wieherte entsetzt auf. Strider erschrak heftig und wunderte sich, was die dunkle Stute so schockierte. Dann lief ein erschrockenes Wiehern durch die ganze Herde und Strider erkannte, dass alle auf Hijais Vorderbeine starrten. Er folgte ihren Blicken und sah, dass das Fell nicht mehr dunkelbraun, sondern grau war. Steingrau! Voller Entsetzen blickte er wieder zum Kopf der Stute und bemerkte die Panik in ihrem Blick.

Sie erstarrt! Sie wird zu Stein, genau wie Omir und Braem!, schoss es ihm durch den Kopf und ein kalter Schauder rann ihm den Rücken hinunter.

Nach und nach wurde das Fell an Hijais Schultern und Rücken zu Stein. Befony riss sich von ihrer Tochter los, um nicht selbst auch versteinert zu werden. Von Hijais Hinterhufen wanderte das kalte, graue Etwas hinauf zu ihrer Kruppe und den Schweif hinunter. Auch der Hals erstarrte in der Position und sie warf den Kopf wild hin und her. Doch auch das half nicht. Schließlich hielt sie still und flüsterte ihrer Mutter noch ein paar liebevolle Worte zu, bevor sie endgültig erstarrte. Entsetzt wich Befony zurück, Trauer überschattete ihre Augen. Sie hatte Hijai geliebt, ihr zweites Fohlen und ihre erste Tochter. Filjao, ihr Sohn war im Kampf gegen Somuran besiegt worden. Jetzt hatte sie beide Fohlen verloren. Aber sie mussten weiter.

Somuran ordnete an, dass Befony, Ufyn und Lorin sich so rasch wie möglich von Hijai verabschieden sollten. Währenddessen versuchten er und Farnyth, die Herde zu beruhigen und von Hijai fernzuhalten. Strider schaffte es trotzdem, sich an die dunkelbraune Stute heranzuschleichen. Sie hatte die Augen nicht geschlossen und so waren sie immer noch in die Ferne gerichtet. Strider drehte den Kopf ein paar Mal zu ihr und wieder weg, um herauszufinden, worauf sie blickte. Hinter einem dürren Busch in der Nähe sah er etwas hervorlugen. Doch als er die Augen zusammen kniff, verschwand es langsam. Strider war sich sicher, dass da etwas oder jemand gewesen war.

9. KAPITEL

Die Herde blieb nicht lange bei Hijai. Sobald sich ihre engsten Verwandten und Freunde von ihr verabschiedet hatten, sorgten Somuran, Farnyth und einige Junghengste dafür, dass die Herde wieder die gewohnte Formation einnahm. Diesmal waren alle Pferde nervös, die Stuten blieben dicht bei ihren Fohlen und trieben sie streng an, wenn sie langsamer wurden. Keiner wollte so etwas wie bei Hijai noch einmal erleben. Strider staunte, wie gut Ajinoy und Tiney mithielten, obwohl sie erst zwei Tage alt waren. Er selbst war zwar auch nicht viel älter, aber er fühlte sich bereit. Bereit zu laufen, zu fliehen, wegzukommen von dem tödlichen Silberstaub.

Während er darüber nachdachte, wie die drei Pferde gestorben waren, fiel ihm etwas Seltsames auf. Omir und Braem hatten den Silberstaub eingeatmet, was bei Hijai nicht einmal der Anschein hatte, als hätte ihr Tod etwas damit zu tun. Abgesehen von der Versteinerung natürlich.

Ihr Tod war anders. Sie hatte keinen Kontakt zu dem Silberstaub gehabt, war aber dennoch an dessen Folgen gestorben. Oder wie auch immer man das nennen konnte. Dann war da noch dieses merkwürdige Etwas hinter dem Busch gewesen.

Diese Erkenntnis traf Strider wie ein Schlag gegen die Brust. Er blieb ruckartig stehen und ruckartig krachte ein Pferd von hinten auf ihn. Ulenjas Stimme erklang.

„Was machst du? Geh doch weiter!"

Strider setzte sich langsam in Bewegung, wurde aber schneller, als immer mehr empörte Stimmen laut wurden. Er schloss wieder zu Ikan auf und lief weiter neben ihr. Seine Gedanken kreisten nur um eine Sache:

Der Silberstaub war nicht der Grund, warum die Pferde gestorben waren, es war etwas oder besser gesagt jemand anderes. Jemand sorgte mit Silberstaub für Aufruhr, um sie dann selbst zu töten. Wenn auch nicht von der Nähe, aber dennoch. Bei Hijai war kein Silberstaub zu sehen, aber die Kreatur war wahrnehmbar, die für ihren Tod verantwortlich war.

Wir können nicht davonlaufen, wir werden verfolgt, wohin wir auch gehen, schlussfolgerte Strider und ihm schauderte bei diesen Gedanken.

Er wagte nicht, Ikan oder jemand anderem von seiner Theorie zu erzählen, schon gar nicht Somuran oder Farnyth. Sie kam ihm selbst fast etwas abwegig vor. Er wusste genau, wie die anderen darauf reagieren würden.

Sie würden mir nicht glauben. Ich bin doch nur ein Fohlen, gerade mal alt genug, um richtig laufen zu können, dachte er verbittert.

Er konnte sich Kijys mitleidige Miene schon vorstellen, wenn sie versuchte, ihm sachte beizubringen, dass das Schwachsinn war. Wäre er schon älter, würde sie ihn vermutlich anschnauzen, ihm ihre Verächtlichkeit deutlich zeigen und ihn für verrückt erklären. In Gedanken versunken, übersah Strider einen Stein vor seinen Hufen und stolperte über ihn. Ikan blieb sofort stehen, half ihm hoch und er entschuldigte sich rasch bei den Pferden hinter ihm. Zum Zweiten Mal hatte er für eine kurze Unterbrechung der stetig laufenden Herde gesorgt. Ikan hatte das wohl auch bemerkt, denn sie blickte ihn besorgt an und fragte sanft:

„Ist alles in Ordnung bei dir? Du wirkst irgendwie abwesend."

Strider sah sie nicht an.

„Nichts ist in Ordnung!", schnaubte er.

Ikan zuckte leicht zusammen und er fügte ruhiger hinzu. „Ich habe nachgedacht. Mir geht es zwar gut, aber Hijais Tod gibt mir zu denken. Es war so anders als bei Omir und Braem."

Ikan verzieh ihm seinen kleinen Ausraster schnell, ihr Interesse war geweckt.

„Willst du darüber reden?", fragte sie und stellte die Ohren auf.

Strider sah kurz zu ihr auf, dann drehte er den Kopf weg.

„Ich denke nicht, ich muss noch vieles verarbeiten."

Ikan nickte, legte die Nüstern sachte an seinen Hals und murmelte etwas. Für Strider klang es wie ein „Ich bin da, wenn du mich brauchst." Dankend rieb er die Nüstern an ihren. Danach wandte er den Kopf wieder nach vorne und bemühte sich, nicht mehr zu viel über all das zu grübeln.

10. KAPITEL

Drei Monate waren vergangen, seit die Herde Striders Geburtsort verlassen hatte. Sie wanderten ziellos umher, kamen in die Nähe von anderen Herden, hielten sich aber so gut es ging von ihnen fern. Noch mehr Pferde waren versteinert worden, und Striders Theorie verstärkte sich. Cady war ähnlich wie Hijai während des Laufens versteinert, auch bei ihr hatte Strider ein Wesen erspähen können. Ikan war wie gelähmt vor Trauer, nun hatte auch sie all ihre nächsten Verwandten verloren. Vor einigen Tagen hatte auch Ulenja ihr Leben an den Silberstaub verloren und obwohl Bezuli sie als Fohlen verstoßen hatte, trauerte sie am meisten. Auch Deliah war ihr Fohlen, nun blieben ihr noch die braune Stute und Ajinoy und Tiney.

Strider hoffte aus tiefstem Herzen, dass das Wesen die beiden Fohlen verschonen würde. Sie hatten den Tod nicht verdient. *Niemand von ihnen hatte es verdient,* dachte er gleich darauf.

Nun, da noch mehr Pferde ihr Leben lassen mussten, war die Herde weiter geschrumpft und die Pferde hatten Angst um ihr Leben und um das Leben jener, die sie von ganzem Herzen liebten.

Niemand wusste, wann es den Nächsten treffen oder wer der oder die Nächste sein würde. Das Fürchterliche aber war, dass man nicht einmal mitten in der Herde sicher war. Das hatte Strider schon bei Hijai gesehen und ein weiteres Mal bei Cady. Die versteinerten Pferde hatten ihr Schicksal hingenommen, was sollten sie sonst tun? Aber nicht alles war schlecht. Klar, die Zeiten waren schwierig, aber das Leben ging weiter.

Nortja hatte gesunde Zwillinge zur Welt gebracht und auch Maleys Fohlen war wohlauf. Nach beiden Geburten musste die Herde jeweils ein paar Tage warten, bis sie weiterziehen konnten. Viele Pferde waren erleichtert über eine Pause, andere wiederum hatten mehr Angst denn je, weil sie nicht in Bewegung waren.

Strider aber wusste, dass es keinen Unterschied machte, ob sie nun über die Wiesen galoppierten oder aneinandergedrängt schliefen. Einen Tag nach Julez' Geburt wurde Galia versteinert.

Ein Leben für ein Leben, hatte Strider damals gedacht, jetzt war er anderer Meinung.

Lafey, Fony und Julez waren geboren, aber so viele andere Pferde mussten sterben.

Warum? dachte er abends.

Er wandte den Blick zum Himmel, der klar und sternenübersät war und fragte sich, ob es größerer Mächte geben konnte. Mächtiger als die Natur, größer als die Erde selbst. Auch wenn das etwas seltsam klang, so merkwürdig wie seine Theorie über dieses mordlustige Wesen war es noch lange nicht. Im Gegenteil, es war sogar vorstellbar. Strider war wieder in Gedanken versunken.

Was war der Tod und was geschah danach? Lebten die Toten weiter? Woanders? An einem schöneren, besseren Ort, einem Ort ohne Hunger und Durst, Hass und Tod?

Irgendwie mochte Strider diese Vorstellung. Er erzählte Ikan davon und sie stimmte ihm zu.

Gefiel es ihr oder wünschte sie es sich für ihre Mutter? Strider konnte es nicht sagen. Was Omir betraf: er fand, sie verdiente es. Wer weiß, vielleicht hatte sie an diesem Ort ja auch endlich ihr Fohlen zu Welt gebracht?

11. KAPITEL

Der Sommer kam und es wurde deutlich heißer. Das trockene Gras war kaum noch genießbar und Hunger zehrte an den Pferden. Durch die Wärme wagten sich Raubtiere wieder mehr aus ihren Verstecken. Kojoten benötigten weniger Wasser als Pferde und kamen länger ohne Flüssigkeit aus. Sie waren gefährliche Gegner, jagten meist in Gruppen und umzingelten die Herde. In Wäldern war es einfacher, ihnen zu entkommen, auf freier Fläche fast unmöglich.

Glücklicherweise schienen die Kojoten zu wissen, wie viel sie brauchten, sie erlegten nie mehr Tiere, als sie fressen konnten. Oft ließen sie eine Herde wieder frei, sobald sie zumindest eine Beute erwischt hatten.

Aufgrund der vielen Todesfälle durch den Silberstaub, waren die Pferde der Herde aufmerksamer geworden, ja fast panisch darauf bedacht, jede Gefahr schon zu erkennen, bevor sie eintrat. Jedoch hatten sie beinahe vergessen, dass es nicht nur den Silberstaub, sondern noch andere Feinde gab. Tödliche Feinde.

Nun kam es, dass eine Gruppe Kojoten die Herde angriff. Sie kamen über die Wiese geprescht, die Ohren gespitzt, die Schwänze aufgestellt in freudiger Erwartung auf ein nahrhaftes Mahl. Blitzschnell hatten sie die Herde eingekreist und Somuran und die Junghengste versuchten ihr Möglichstes, sie zu vertreiben. Doch zu viert war das schwer. Nach Braems Tod blieben von den zweijährigen Junghengsten noch Lefag, Elir und Kolag. Chesire und Varein waren erst ein Jahr alt, zu jung, um zu kämpfen.

Farnyth schloss sich ihnen an, unterstützte ihren Sohn und ermunterte auch andere Stuten, zu helfen. Die Stärkeren bildeten einen Kreis um die schwächeren Herdenmitglieder und standen so den Kojoten im Weg. Es war zwar schon vorgekommen, dass ein Rudel dieser Jäger ein gesundes, starkes Pferd erlegt hatte, aber ihre erste Wahl war ein schwächeres.

Nicht nur die Pferde waren hungrig, auch den Kojoten fehlte es an Nahrung. Deshalb kam es umso unerwarteter, als sich zwei der Raubtiere auf Wyji stürzten. Sie verbissen sich in ihren Schultern und die Stute wieherte schmerzgepeinigt auf. Ikan sprang zu ihr, packte einen der Jäger am Schwanz und zerrte daran. Der Kojote heulte auf, ließ von Wyji ab und fiel zu Boden. Ikan bäumte sich über ihm auf, um ihn zu treten, aber bevor ihre Hufe ihn trafen, war er aufgesprungen und außer Reichweite. Dort setzte er sich und leckte sich die Rute.

Ein anderer Kojote trat an seine Stelle, sprang hoch und schnappte nach Ikans Kehle. Er verfehlte sie und die junge Stute taumelte erschrocken zurück, als könnte sie selbst nicht glauben, dass sie noch lebte. Wyji rang unterdessen immer noch mit dem anderen Kojoten, während Blut von ihren Schultern tropfte. Strider sah reglos zu, wie Ikan sich schnell wieder fasste und erneut zum Angriff überging. Sie riss das Maul auf und sprang auf den Kojoten zu, der versucht hatte, sie zu töten. Dieser drehte sich blitzschnell um und rannte um sein Leben. Doch es war noch nicht vorbei!

Das restliche Rudel trieb die Herde enger zusammen und es wurde unmöglich zu fliehen. Als der Kreis ganz eng war, teilten sich die Raubtiere auf. Die eine Hälfte blieb, um die Herde gefangen zu halten, die anderen bemühten sich, Wyji zu Boden zu bringen. Ikan ließ sich selbst von

den vier weiteren Kojoten nicht erschrecken, die auf sie zu-
kamen. Sie riss an dem Räuber, der immer noch an Wyji
hing und schleuderte ihn seinen Gefährten entgegen. Ein
kleinerer Kojote, wahrscheinlich ein Jungtier, blieb entsetzt
stehen bei dem Anblick seines reglosen Freundes. Erst als
er sah, dass dessen Flanke sich noch hob, lief er weiter.
*Selbst die wildesten Raubtiere haben Gefühle, trauern um Ge-
fallene und sorgen füreinander,* wurde Strider plötzlich klar.
Er hielt die Luft an. Das Kojotenjungtier schlüpfte unter
Ikans Beinen hindurch und stand nun hinter ihr im Kreis
der Herde. Es kläffte laut und Strider zuckte zusammen. Es
war wohl stärker, als es aussah. Auch Ikan drehte erschrocken den Kopf, während Wyji panisch nach vorne stolperte. Elir, Wyjis Sohn, wieherte warnend auf, aber der Kojote, der vor ihm stand, bellte ihn an und er verstummte
rasch wieder.

Strider erkannte, was der Junghengst gemeint hatte.
Wyji darf nicht weg von der Herde! Das ist ihr Ziel! Dann
ist sie leichte Beute! Erschrocken sah er sich um.

Wollte ihr denn niemand helfen?

Doch! Ikan. Sie sprang der dunkelgrauen Stute nach und
ein Kojote, der sich auf ihre Flanke stürzen wollte, prallte
an ihr ab. Ikan schleuderte ihn mit den Hufen von sich und
widmete sich dem nächsten. Sie erkannte flink, dass die
Kojoten es nun nur auf Wyji abgesehen hatten und stellte
sich vor die Stute.

"Lauf! Lauf zurück zur Herde! Ich mach das hier schon!"

Sie trat leicht gegen Wyjis Hinterbein, damit sie sich bewegte, aber die ältere Stute starrte sie entgeistert an.

"Und was ist mit dir?", konnte Strider sie fragen hören
und wartete gespannt auf Ikans Antwort.

Sie kam auch prompt: "Meine Mutter ist tot und mein Bruder ist weg, was habe ich noch, das ich verlieren könnte?"

"Mich!", schrie Strider, panisch vor Angst um seine beste Freundin.

Ikans Kopf schoss zu ihm herum und Strider erahnte die Schuldgefühle in ihren Augen.

Wie kann sie mich vergessen?

Ikan sah verzweifelt zwischen Wyji und Strider hin und her. Doch bevor sie auch nur irgendetwas sagen oder tun konnte, stürzten drei der Kojoten mit aufgerissenen Mäulern auf sie zu.

12. KAPITEL

"Neeiin!"

Strider stürmte los, wollte zu Ikan und ihr helfen. Doch Wyji, die zur Herde zurückkam, hielt ihn tunlichst davon ab.

"Nein, Kleiner. Du kannst ihr nicht helfen. Wenn ich mich nicht gegen sie wehren konnte, wie solltest du eine Chance haben? Strider, du bist ein Fohlen!"

Er spürte tiefe Wut in sich. Strider wusste, dass er es konnte. Er musste es können! Denn wenn nicht,...

Benommen taumelte er zurück und lehnte sich an Wyjis blutender Schulter an. Der warme Lebenssaft verklebte sein Fell, aber er spürte es nicht. Er spürte gar nichts. Da war nur schreckliche Leere.

Ikan war fort.

Einen Herzschlag später hörte Strider hinter sich erstauntes Murmeln. Er drehte mühevoll den Kopf und sah, dass alle Pferde gebannt auf die Kojoten starrten. Strider verstand sie erst nicht. Er folgte ihren Blicken und ihm fiel Seltsames auf. Das ursprünglich hellbraune Fell der Kojoten färbte sich grau. Einer war bereits komplett versteinert und an der Stelle, an der er seinen Gefährten berührte, begann dessen Fell ebenfalls zu Stein zu werden.

Das überträgt sich, schoss es Strider durch den Kopf.

Im selben Augenblick hörte er Rafil rufen.

"Ikan, weg da! Das ist ansteckend!"

Strider wunderte sich.

Ikan war doch... Nein, ist sie nicht, die Kojoten hatten sie noch nicht erreicht, merkte Strider erst jetzt und hielt Ausschau nach seiner Freundin.

Sein Blick streifte helles Fell. Er dachte, es sei einer der Kojoten. Dann stellte er erleichtert fest, dass es Ikan war, halb begraben unter dem Kojotenjungtier, dessen Schwanz begann zu erstarren und es wimmerte kläglich.

Rafil stürzte vor, um ihrer Freundin zu helfen und Strider sprang zu ihr. Gemeinsam schafften sie es, den Kojoten von Ikan herunterzuziehen, wobei sie darauf achteten, sich von dem versteinerten Hinterleib fernzuhalten. Bevor Strider die Vorderpfote des Jungtieres losließ, um es zu Boden sinken zu lassen, blickte er in dessen gelbbraune Augen. Darin spiegelte sich Wut und Trauer gepaart mit Frieden und tiefer Ruhe. Für einen Moment sah er in diese unergründlichen Augen, dann wurde er von Rafil weggezogen.

"Was denkst du dir dabei? Willst du etwa auch versteinert werden?", schnaubte sie ihn aufgebracht an.

Er jetzt merkte Strider, dass die Ohren des Kojoten begannen, grau zu werden. Er wechselte noch einen Blick mit dem Raubtier und wandte sich dann zu Ikan um.

Sie hatte unzählige Schrammen verteilt am ganzen Körper, war aber wohlauf. Rafil wechselte die Seite und stemmte sie hoch. Strider war zu klein und zu schwach um zu helfen. Er blieb dicht neben seiner Freundin, als sie langsam zum Rest der Herde zurückkehrten.

Ikan atmete eben noch ziemlich schnell, doch sie beruhigte sich langsam. Wijoy kam ihnen entgegen geeilt, lief um Ikan herum und begutachtete ihre Wunden. Farnyth kam ebenfalls hinzu. Wyji sah aus einiger Entfernung zu, Elir stand neben seiner Mutter und stützte sie.

Nach dem Tod der anderen Pferde waren sich die beiden wieder näher gekommen und Wyji hatte Elir wieder als ihren Sohn angenommen. Zu sehr fürchtete sie um sein Leben.

Strider schreckte auf, als es um ihn herum plötzlich lauter wurde. Die ganze Herde drängte sich näher, um Ikan zu beglückwünschen.

"Du hast sie vertrieben!", hörte Strider Ajinoy jubeln. Seine Schwester stimmte ihm fröhlich wiehernd zu. Sie begannen, um Ikan, Rafil und Strider herumzuhüpfen und schnaubten dabei ausgelassen.

Seid doch leise, hätte Strider sie am liebsten angeschnauzt, aber er blieb still.

Ikan konnte kein lärmendes Fohlen gebrauchen.

Nachdem die Herde wieder einigermaßen gefasst war, ordnete Somuran an, Ikan und Wyji in die Mitte zu nehmen und die Herde zog weiter. Die Fohlen hatten sich etwas beruhigt, tänzelten aber immer noch aufgeregt umher.

Nach einer gefühlten Ewigkeit hielten sie an einer Stelle, an der ein paar dürre Büsche wuchsen. Sie waren nicht groß und boten kaum Schutz, doch es war besser als gar nichts.

Farnyth meinte, Ikan, Wyji und die jüngeren Fohlen sollten am dichtesten bei den Zweigen liegen, dort würde es am wärmsten sein. Ikan ließ sich ohne ein Wort nieder, Strider legte sich neben sie. Dicht aneinander gepresst schliefen sie ein, die restliche Herde um sie herum.

13. KAPITEL

Ikans und Wyjis Wunden heilten schnell, Strider jedoch dachte noch lange an jenen Tag zurück. *Warum hatte dieses Wesen, das so viele Pferde getötet hatte, diesmal die Kojoten versteinert? Vielleicht wollte es Ikan haben, erwischte aber die Kojoten, weil sie bei ihr waren...*, überlegte Strider. Aber es hatte noch nie sein Ziel verfehlt. Immer mehr Rätsel umgaben dieses Wesen. Rätsel, die Strider nicht lösen konnte, aber auch niemandem davon erzählen durfte.

Weitere Monate vergingen, die Herde wanderte ziellos umher, ein paar weitere Pferde wurden versteinert und die Rätsel um den Verantwortlichen für deren Tod beschäftigten Strider zusehends. Zu viele Pferde waren dem Silberstaub zum Opfer gefallen. Oder besser gesagt, demjenigen, der dahinter steckte.

In den letzten Monaten waren aber nicht nur Erwachsene Pferde und ältere Fohlen darunter gewesen. Auch Ajinoy war versteinert worden. Bezuli war mittlerweile fast am Ende. Erst Ulenja und jetzt ihr Sohn. Somuran hatte ihr zwar angeboten, dass sie noch ein Fohlen bekommen könnten, aber Bezuli hatte abgelehnt. Sie brauchte eine Pause, hatte sie gesagt. Strider konnte sie verstehen. Wer konnte schon mit Sicherheit sagen, dass ihr neues Fohlen dann nicht auch versteinert werden würde? Niemand, niemand weiß es. Woher auch?

Wir wissen nicht einmal, warum sie überhaupt sterben müssen, dachte Strider aufgebracht. Vor dem Fohlen waren Ufyn und Benyll versteinert worden. Befony hatte erst ihre Tochter an den Silberstaub verloren, jetzt auch ihre Mutter.

Sie und Lorin waren Schwestern und trauerten beide um Ufyn.

Der Winter zog windig und kalt ins Land. Schnee erschwerte die Reise und sie kamen nur langsam voran. Nicht nur der Silberstaub und halb ausgehungerte Raubtiere verängstigten die Pferde, nun kamen auch noch tödliche Erkältungen dazu. Kyji wurde Opfer eines Kojotenangriffs. Nur vier Raubtiere wagten es. Da aber Kyji ebenfalls geschwächt war, fiel es ihnen nicht allzu schwer, sie zu Boden zu zwingen.

Als der Schnee zu schmelzen begann, starb auch Taji. Die Herde schlief in der Nähe eines Wäldchens, wo sie etwas vor dem feuchten Boden geschützt waren. Der Junghengst hatte Alarm geschlagen. Er hatte etwas in der Nähe erspäht. Er war versteinert, noch bevor alle wach waren.

Strider wollte herausfinden, ob er das Wesen entdecken konnte, aber er bekam nicht genügend Zeit. Somuran wollte so schnell wie möglich weiter.

Außerdem, falls da etwas gewesen wäre, war es schon längst wieder verschwunden.

Wohlig, wärmende Frühlingsluft durchzog das Land, als die Herde wieder Zuwachs bekam. Vier Fohlen, die alle gesund und kräftig waren. Baly, Doley, Eneky und Aney. Sie wuchsen rasch. Glücklicherweise wurden die Todesfälle durch den Silberstaub weniger. Eine Zeit lang herrschte Frieden. Strider misstraute dieser Ruhe. Er wusste, dass es noch nicht vorbei war.

Es lässt uns denken, dass wir in Sicherheit sind, nur damit es erneut zuschlagen kann, wenn wir es am wenigsten erwarten, überlegte er und blieb auf der Hut.

Nach ein paar Wochen ließ die Vorsicht der Pferde nach. Damit kehrte ihre Lebenslust zurück und sie genossen die Gesellschaft der anderen.

Als die Stuten ihre Fohlen in einem nahegelegenen Wald spielen ließen, kam Julez angstdurchdrungen zurück, Fony im Schlepptau. Auf Nortjas Frage, wo Lafey war, antwortete Fony zitternd und stottend zugleich:

"Er... im Wald... Stein..."

Daraufhin preschten Maley und Kolag zu den Bäumen und suchten nach dem Fohlen.

Maley war diejenige, die ihrer Schwester vom Tod des Fohlens berichten musste. Nortja war am Boden zerstört und es schien, als hätte auch Fony jeglichen Sinn im Leben verloren. Für sie war ihr Bruder alles gewesen, nichts hatte sie ohne ihn unternommen.

Mit einem Schlag war die Angst zurück. Die gesamte Herde blieb beisammen und die Gemüter wurden zunehmend gereizter.

Als im Sommer die Junghengste gehen mussten, gingen sowohl Kolag, als auch Lefag ohne Kampf. Sie beide dachten wohl, dass, wenn sie die Herde verließen, das Unheil sie selbst nicht mehr verfolgen würde. Hoffentlich entsprach das der Wahrheit.

Strider sah ihnen nach, als sie in der Ferne verschwanden. Er wünschte ihnen nur das Beste. Sie hatten ein schönes Leben verdient, ohne die ständige Angst.

Ob es so weitergehen würde, bis er selbst die Herde verließ? Würde es jemals besser werden? Wie viele Pferde müssen noch sterben, bis dieses Wesen damit aufhört? Warum hat es überhaupt erst damit angefangen?

Doch ihn bedrückte noch etwas.

*Was, wenn es einmal Farnyth oder Somuran erwischt? Es gibt
Stuten, die Farnyths Platz einnehmen könnten, aber Somurans?
Weder Chesire noch Varein sind alt genug dafür. Wie soll eine
Herde ohne einen Anführer überleben?* Er wusste, dass er Somuran sehr vermissen würde, aber
noch mehr Angst hatte er um Ikan. Er hatte sie schon einmal beinahe verloren und damals war die Vorstellung,
ohne sie zu leben, schrecklich gewesen. Das wollte er auf
keinen Fall wirklich erleben.

An einem besonders heißen Sommertag tänzelten manche Pferde nervös herum. Somuran schien, als würde er
gleich platzen. Sichtlich angespannt lief er voran. Strider
vermutete, dass ihn das Geräusch der trommelnden Hufe
beinahe in den Wahnsinn trieb. Farnyth merkte das vermutlich auch, denn sie beugte sich zu ihrem Sohn hinüber
und flüsterte ihm etwas ins Ohr. Daraufhin drehte
Somuran sich um und rief den Pferden zu:
"Alle, denen wir zu langsam sind, dürfen vorauslaufen.
Ich kann dieses Getrappel hier echt nicht gebrauchen!"
Strider hielt das für eine schlechte Idee, aber Vika, Mifan,
Befony und Surej hatten ihr Tempo schon beschleunigt
und zogen an ihm vorbei. Sie galoppierten um die Wette
wie ausgelassene Fohlen. Ikan sah ihnen besorgt nach,
ebenso Strider.
Er wollte sich gerade zu ihr umdrehen, um mit ihr zu
reden, als er einen Aufschrei von vorne hörte. Sein Kopf
schnellte herum und er erkannte gerade noch rechtzeitig,
wie die gesamte Herde schneller wurde. Ansonsten wäre
Galia mit voller Wucht in ihn hinein gerannt. Er passte sein
Tempo dem Rest der Herde an und preschte vorwärts. Ei-

nen Moment später wurden sie wieder langsamer und blieben stehen. Strider drängte sich nach vorne, nachdem sich die Formation aufgelöst hatte und alle sich um etwas scharten. Als er neben Farnyth stehen blieb, sah er in ein graues Gesicht. Es war Vika, versteinert, die Augen panisch aufgerissen.

Blitzschnell hob Strider den Kopf und suchte die Umgebung nach dem Wesen ab, eine gewohnte Reaktion auf die versteinerten Pferde. Leider konnte er den Verantwortlichen nirgends entdecken.

Der Herbst rückte näher. Obwohl es noch warm war, regnete es ab und zu. Die kühlenden Tropfen waren eine willkommene Abwechslung für die Pferde und sie liefen voll frischer Energie weiter.

Kleine Senken im Boden wurden mit Wasser gefüllt, weshalb sie keine Wasserlöcher zum Trinken aufsuchen mussten. Das war gut, denn Kojoten trieben sich oft genau an diesen Orten herum. Nach Kyjis Tod hatte die Herde mehr Respekt denn je vor den Räubern. Generell waren die Pferde wieder wachsamer. Jeder fürchtete um sein Leben und um das seiner Geliebten.

Als der Herbst schließlich ins Land gezogen war, wurde der Regen eher zu einer Plage. Stetiges Tropfen vermischte sich mit trampelnden Hufen und wirkte auf Dauer ziemlich einschläfernd. Striders Augenlider wurden schwer und er verlangsamte sein Tempo. Ikan passte ihren Trab dem seinen an und blieb neben ihm. Elir wieherte Somuran zu, woraufhin die anderen Pferde ebenfalls langsamer wurden.

Nach einer Weile bat Strider darum, stehen zu bleiben. Elir gab dies an Somuran weiter und der Herdenchef bremste langsam ab. Als sie standen, suchte Strider eine Stelle, an der der Boden nicht völlig nass war. Er fand eine kleine Senke, gefüllt mit Wasser, etwa huftief, und trank dankbar. Trotz des Regens war seine Kehle halb ausgetrocknet. Das kühle Nass rann seinen Hals hinunter und er schloss die Augen. Ikan trat leise neben ihn und senkte den Kopf, um ebenfalls zu trinken. In plötzlicher Angst um seine Freundin drückte Strider sich fest an sie. Überwältigt von seiner Zuneigung legte Ikan ihm den Hals über seinen. Eine Weile standen sie so da, dann schlief Strider plötzlich ein. Er sank langsam an Ikans Vorderbein hinunter und lag schlafend auf der niedrigen Böschung. Ikan schmunzelte und legte sich neben ihn. Auch sie schloss die Augen und ließ sich in den Schlaf gleiten.

14. KAPITEL

Strider träumte. Er schwebte in der Luft und sah sich selbst neben Ikan liegen. Plötzlich war er froh, dass sie da war. Das Fohlen regte sich und stand auf. Strider blickte hoch und merkte, dass die Sonne schon aufgegangen war. Als er wieder zu sich selbst zurück sehen wollte, war er nicht mehr da. Der Falbe am Boden war ein paar Schritte weggegangen und drehte sich um sich selbst. Strider vermutete, dass er die Ruhe des Morgens genoss und den Pferden beim Schlafen zusah. Er hatte das schon oft gemacht, meist, wenn er nicht schlafen konnte, weil ihn etwas beschäftigte. In letzter Zeit war das sehr oft vorgekommen. Schuld daran war das Wesen, das all die Toten auf dem Gewissen hatte. Nach ein paar Momenten der Stille, hörte Strider Ikan aufstehen. Die braune Stute ging zu dem Fohlen und sie standen einträchtig nebeneinander. Gemeinsam hoben sie die Köpfe und sahen zu den schwindenden Sternen auf. Strider hob den Blick ebenfalls und genoss den Anblick der kleinen Punkte am heller werdenden Himmel. Unter ihm erwachten langsam auch die anderen Pferde. Somuran stand auf und trabte von Stute zu Stute, weckte sie und stellte sich dann in die Mitte der Pferde. Nach einer Weile waren alle um ihn versammelt und die Reise ging weiter. Strider sah sich selbst neben Ikan traben und sich mit ihr unterhalten. Er folgte der Herde in der Luft, immer so, dass er Ikan und sich selbst in Sicht hatte. Etwa, als die Sonne am höchsten stand, hielten sie an einer Senke an, die halb mit Wasser gefüllt war. An diesem Tag regnete es nicht und die ganze Herde schien den trockenen Tag zu genießen. Als alle getrunken hatten, liefen sie weiter. Strider folgte ihnen und fragte sich, was er hier sollte.

Warum träume ich das hier, wenn ich es in ein paar Stunden sowieso erleben werde? Kaum hatte er zu Ende gedacht, hörte er einen Schrei. Er drehte sich um und sah unter sich Rafil. Sie war stehen geblieben, ihr Schweif war grau und zu Stein erstarrt. Strider erschrak, konnte ihr aber nicht helfen. Also sah er sich nach dem Wesen um. Zum ersten Mal erblickte er es, was wahrscheinlich daran lag, dass er nicht am Boden, sondern in der Luft war. Sein Feind stand neben einem niedrigen Busch, etwas auf Rafil gerichtet. Strider ließ sich auf den Boden fallen. Er träumte immer noch, das wusste er, trotzdem konnte er sich neben den anderen Pferden am Boden aufhalten. Er merkte, dass er direkt neben Ikan gelandet war, sie stand in Rafils Nähe und starrte die dunkle Fuchsstute entsetzt an. Strider wandte den Kopf wieder dem Wesen zu, das zufrieden aussah. Dann sah es ihm direkt ins Gesicht und richtete etwas auf ihn. Erschrocken hielt Strider die Luft an.

Es kann mich sehen?

Das Wesen neigte den Kopf, wie zur Bestätigung, dann richtete es das Etwas, das erst auf Rafil gezeigt hatte, auf ihn und grinste hämisch. Strider sah, wie etwas auf ihn zuflog, und wich rasch aus. Weil sein ursprüngliches Ziel verschwunden war, traf das fliegende Ding ein anderes. Ikan. Strider riss panisch den Kopf hoch, als die Stute aufschrie. Er starrte sie an, während ihre Flanke langsam grau wurde. Das Fohlen neben ihr presste sich an ihre andere Seite und wirkte, als würde es sie nie wieder loslassen wollen. Strider wurde von Schuldgefühlen überwältigt und galoppierte panisch davon. Er blickte noch ein letztes Mal zurück, sah Ikan komplett versteinert und preschte dann weiter. Er wollte weg, einfach weg. Er war schuld, dass Ikan tot war.

Wäre er stehen geblieben und selbst versteinert, würde sie noch leben. Das Wesen wollte mich, aber durch meine Eigensucht hat es Ikan erwischt. Mit einem Mal erinnerte er sich, dass er immer noch träumte. Kurz hatte er es vergessen.

Das darf nicht passieren! Ikan darf nicht sterben!

Aber wie sollte er es verhindern? Plötzlich wurde es um ihn herum schwarz und kalt und er fühlte sich, als würde er fallen. Er hatte keinen festen Boden mehr unter den Hufen und die Kälte um ihn herum drang ihm bis auf die Kochen. Erschrocken sah er sich um, erkannte aber erst nichts als Schwärze. Er kniff die Augen zusammen, als etwas in der Ferne aufblitzte. Es sah aus, wie ein weißer Streifen. Strider versuchte, hinzugaloppieren und diesmal gelang es ihm, vorwärts zu kommen. Der weiße Streifen wurde immer größer, je näher Strider ihm kam. Ein paar Schritte davor blieb Strider stehen.

Über dem Streifen erschien plötzlich ein weiterer weißer Fleck. Es sah aus wie…

Ein Abzeichen!, schoss es Strider durch den Kopf.

Er sah sich um und erkannte schließlich, dass das Abzeichen auf dem Kopf eines Pferdes war. Es war schwarz wie die Nacht, weshalb Strider es nicht gesehen hatte. Er merkte, dass es ein fremder Hengst war, aber er war freundlich gesinnt. Strider dachte nach.

Ich kenne ihn! Ich habe schon einmal von ihm geträumt!

Er trat noch einen Schritt näher. Um ihn herum wurde es etwas heller, sodass er den Hengst endlich sehen konnte. Der Rappe senkte den Kopf auf Striders Augenhöhe und dieser legte seine Stirn gegen die des Hengstes. Er fühlte eine Verbindung. Er wusste weder, woher der Rappe kam, noch, was er hier machte. Aber das war ein Traum, also warum nicht? Strider zuckte zusammen, als der Hengst zu sprechen begann.

"Hallo Strider, ich bin Olary. Ich bin hier, um dir zu helfen. Ich bin immer hier, um dir zu helfen."

Strider löste sich von dem Hengst und sah ihn an.

"Was ist eben passiert?"

Olary spitzte die Ohren und hörte Strider aufmerksam zu.

"Warum konnte dieses Wesen mich sehen, obwohl die anderen Pferde es nicht taten? Und warum..."

Striders Stimme versagte. Olary stupste ihn aufmunternd an und er fuhr leise fort:

"Warum musste Ikan sterben?"

Er blickte in Olarys dunkelbraune Augen und wurde von Trauer und Schuldgefühlen überwältigt. Er senkte den Kopf.

"Ich bin schuld, stimmt's? Wenn ich stehen geblieben wäre, hätte es mich erwischt, anstatt ihr..."

Er verstummte und schluckte. Olary sagte nichts. Er wartete, bis Strider fertig war. Das Fohlen fragte nun ängstlich:

"Ich träume, das weiß ich. Aber wird Ikan auch im echten Leben sterben? Kann ich das verhindern?"

Endlich sprach auch Olary wieder.

"Strider.", sagte er mit sanfter Stimme und der Falbe hob den Kopf.

"Deine Träume sind nicht die Realität. Du kannst Ikan helfen. Sie muss nicht sterben, wenn du..."

Er brach ab. Strider sah ihn fragend an.

"Was? Wie kann ich ihr helfen?"

Olary holte tief Luft und erwiderte sanft.

"Dieses Wesen, wie du es nennst, es ist hinter dir her, Strider. Du hast gemerkt, dass es dich wollte, aber es hat Ikan erwischt, weil du noch nicht bereit warst zu sterben."

Strider schluckte.

"Soll ich mich opfern, damit es aufhört, uns zu jagen?"

Der Rappe schüttelte bestimmt den Kopf.

"Nein, das musst du nicht. Du kannst verhindern, dass es Ikan tötet, ohne dass jemand anderer sterben muss."

Aufgeregt spitzte Strider die Ohren.

"Was? Was kann ich tun?"

Seufzend sprach Olary weiter. Es fiel ihm sichtlich schwer, Strider zu verkünden, was er jetzt zu tun hatte.

"Strider, der einzige Weg, deine Herde zu schützen, ist, sie zu verlassen. Wenn du gehst, wird das Wesen dir folgen, aber es kann dir nichts tun. Deine Herde würde aber in Sicherheit sein."

Strider sah ihn entsetzt an.

"Es ist der einzige Weg...", flüsterte Olary und senkte den Kopf.

Das Fohlen dachte über seinen Vorschlag nach.

Die Herde verlassen... Ikan, Fony, Julez und Doley im Stich lassen?

In letzter Zeit hatte er oft mit den Fohlen gespielt und Fony, Julez und Doley waren ihm besonders ans Herz gewachsen.

Das kann ich nicht. Nicht jetzt.

Er wollte seine Entscheidung schon Olary mitteilen, dann wurde ihm schmerzlich klar:

Wenn ich bleibe, wird Ikan sterben. Und nach ihr noch viele andere Pferde.

Das konnte er nicht zulassen!

"Ich werde gehen.", verkündete er und hob den Kopf. Er wartete auf Olarys Reaktion, aber der Hengst war weg.

"Gut, mein Kleiner.", ertönte seine Stimme in Striders Kopf. "Strider, du bist etwas Besonderes!"

15. KAPITEL

Strider wachte auf. Olarys Stimme hallte in seinen Ohren nach.

Du bist etwas Besonderes.

Das Fohlen drehte den Kopf und sah Ikan neben sich liegen. Er war froh, sie lebend zu sehen und kuschelte sich an ihre Flanke. Er dachte nach.

Ich will mich wenigstens von ihr verabschieden. Sie soll sich keine Sorgen machen.

Es war ein Tag ohne Regen, wie in seinem Traum. Strider merkte, dass die Sonne noch nicht aufgegangen war und weckte Ikan. Er wollte nicht, dass die anderen Pferde sein Verschwinden mitbekamen. Die Stute blinzelte, war aber augenblicklich wach, als sie Striders ernste Miene sah.

"Was ist los?"

Sie hob den Kopf und blickte ihn fragend an. Strider holte tief Luft und begann zu erklären. Er erzählte ihr von seiner Theorie zu dem Wesen und davon, dass er es bereits gesehen hatte. Er berichtete von seinem Traum, was er darin gesehen hatte, und wie er geflohen war. Sein Gespräch mit Olary erwähnte er nicht. Er tat so, als sei dessen Aufforderung, die Herde zu verlassen, seine eigene Idee gewesen. Er redete ziemlich schnell, um noch Verschwinden zu können, bevor die anderen aufwachten. Ikan riss die Augen auf, als er von seiner Theorie sprach und ihre Miene wurde finster, als er von ihrem Tod berichtete. Nachdem Strider geendet hatte, blieb sie erst einmal still. Strider zappelte innerlich vor Ungeduld, lag aber ruhig da. Schließlich begann Ikan zu sprechen.

"Du hast mir nie erzählt, dass Olary dich auch in deinen Träumen besucht."

Strider erschrak. Woher kannte Ikan Olary? Und warum wusste sie, dass Strider mit ihm geredet hatte, er hatte ihn nicht erwähnt. Ikan schien Striders Unruhe zu spüren, denn sie fuhr rasch fort. "Ich träume auch manchmal von ihm. Er war es zum Beispiel, der mir gesagt hat, dass ich Wyji helfen soll, selbst, wenn es mein Leben kostet. Letztendlich habe ich es geschafft, sie zu retten, ohne dabei selbst zu sterben. Aber eigentlich war das gar nicht mein Verdienst, sondern der des Wesens, sagst du?"

Strider nickte.

"Ich habe es zwar nicht gesehen, aber die versteinerten Kojoten waren Beweis genug."

Ikan nickte und sprach weiter.

"Als du von der einzigen Lösung geredet hast, habe ich darin Olarys Worte erkannt. Ich kenne ihn schon eine Weile, deshalb weiß ich, dass nur er so etwas vorschlagen würde."

Strider nickte, war aber immer noch leicht verwirrt. Da er merkte, dass Ikan fertig war, verkündete er:

"Ich habe schon entschieden, dass ich gehen werde, ich wollte mich nur noch von dir verabschieden."

Er sah Ikan an und sie erwiderte seinen Blick.

"Ich weiß.", flüsterte sie, streckte den Hals und begann, Striders Mähne zu kraulen.

Die Sanftheit in ihrer Geste berührte Strider und plötzlich war er sich nicht sicher, ob er das konnte.

Ich will sie nicht verlassen!

"Ich will bei dir bleiben!", platzte es aus ihm heraus und er presste sich an Ikans Schulter.

Die Stute schob ihn liebevoll von sich und redete sachte auf ihn ein.

"Ich will auch nicht, dass du gehst Strider, aber es ist der einzige Weg. Das hast du selbst gesagt. Du weißt, dass sonst viele Pferde sterben werden. Dieses Wesen will dich und wird noch weitere Pferde versteinern, wenn es dich so bekommt. Es will dich, weil du etwas Besonderes bist, Strider."

Du bist etwas Besonderes.

Olarys Worte klangen wieder in Striders Kopf und er sah zu Ikan auf.

"Ich weiß."

Er seufzte.

"Aber es ist so schwer. Was sollen die Fohlen ohne mich machen? Werden sie mich vermissen?"

In plötzlicher Unsicherheit fragte er:

"Wirst du mich vermissen?"

Ikans Blick war sanft, als sie leise erwiderte:

"Natürlich werden sie dich vermissen. Wir alle werden dich vermissen. Ich am allermeisten!"

Strider lehnte sich noch einmal an ihre Schulter, dann stand er auf. Ikan folgte ihm, als er ein paar Schritte ging.

"Ich will noch ein Stück mit dir laufen!"

Strider widersprach ihr rasch.

"Oh nein, du bleibst bei der Herde. Selbst hier kann dir genug passieren. Wenn du mitkommst, erwischt dich dieses Wesen vielleicht trotzdem!"

Ikan blinzelte, daran hatte sie nicht gedacht.

"Na gut, ich bleibe hier. Aber…"

Strider sah sie fragend an.

"Pass auf dich auf!"

Ikan liebkoste ihn noch einmal, dann drehte Strider sich um und lief davon. Er rannte in die Richtung, in der die Sonne abends unterging. Hinter sich wurde der Himmel bereits heller, die Pferde würden bald aufwachen. Aber dann würde Strider schon längst weg sein. Weggelaufen, um sie in Sicherheit zu wissen. Weg, um sie zu schützen.

16. KAPITEL

Strider irrte lange allein umher. Er schlug sich durch, indem er sich von dem verdorrtem Gras ernährte, das außerhalb der Gebiete der Herden wuchs. Ab und zu fand er auch ein paar Beeren, doch nur selten fraß er sich satt. Mit der Zeit wurde er immer dünner, bis man unter seinem hellen Fell schon die Rippen zählen konnte. Wasser fand er zwar öfter, doch er hielt sich nie lange in dessen Nähe auf. Wasserstellen lockten immer Raubtiere an, und er wollte auf keinen Fall als Beute enden. Die Tage wurden kürzer und zäh. Der Winter nahte, weshalb das umschlagende Wetter Strider die Reise nicht gerade leicht machte. Oft fror er nachts und schwitzte tagsüber. Er schlief nur, wenn es wirklich nötig war, denn er konnte es sich nicht leisten, in der Nacht von Feinden angegriffen zu werden.

Als der Winter nun endgültig einzog, reiste Strider oft nur in der Dunkelheit. Hätte er nachts geschlafen, wäre er womöglich erfroren. Klar, es war gefährlich, die Nächte waren noch kälter und in der Dunkelheit konnte er Räuber schlechter sehen, aber er kam klar.

17. KAPITEL

Die Zeit verging und der Frühling zog ins Land. Strider wanderte immer weiter, einsam, hungrig und auf der Suche nach einer Herde, die ihn aufnehmen würde. Eines Tages sah er in der Ferne ein Pferd traben und rannte voller Freude darauf zu. Alle Vorsicht war vergessen, er war nur froh, endlich jemanden zu treffen. Als er näher kam merkte er, dass er das Pferd vor sich sogar kannte.

Das ist Chesire!

Der graue Hengst hatte ihn ebenfalls erkannt und wieherte überrascht auf.

"Strider? Du lebst?"

Strider trabte fröhlich um seinen Freund herum.

"Natürlich lebe ich! Ich habe die Herde freiwillig verlassen!"

Der Hengst blieb stehen und musterte Strider.

"Du bist echt gewachsen, seit ich dich das letzte Mal gesehen habe. Was machst du so alleine hier?"

Strider hielt ebenfalls an.

"Ich wandere schon seit Herbst alleine umher. Ich bin echt froh, mal jemand anderes zu treffen, als Hasen, die meinen Weg kreuzen!"

Er trabte neben Chesire her, als der sich wieder in Bewegung setzte.

"Suchst du dir eine Herde?", fragte er und fühlte sich plötzlich wie ein neugieriges Fohlen.

Chesire sah ihn an.

"Ja, ich bin auf der Suche nach einer Herde. Ich will um eine der Stuten kämpfen und meine eigene Herde gründen. Wie es jeder einsame Hengst eigentlich tun sollte."

Seine letzten Worte hatten einen Unterton, den Strider nicht ganz deuten konnte.

"Ich suche auch eine Herde, aber nicht wegen einer Stute, sondern, weil ich mich ihr anschließen will. Ich bin noch zu jung für eine eigene Herde.", redete er weiter und beachtete Chesires genervtes Schnauben nicht.

Plötzlich wurde der Falbe ernst und fragte seinen Bruder:

"Wie geht es der Herde? Sind noch mehr Pferde gestorben? Ist Ikan am Leben?"

Er blickte Chesire an, dessen Miene sich wieder entspannte.

"Es geht ihnen gut.", meinte er mit ruhiger Stimme.

"Ich weiß nicht, wieso, aber nach deinem Weggang haben die Todesfälle aufgehört. Ikan ist am Leben, ja. Alle anderen auch. Wir haben den Winter gut überstanden. Lorin hat ihr erstes Fohlen zur Welt gebracht, Talis, eine fröhliche kleine Stute."

Strider war froh, dass sein Plan aufgegangen war.

Olary hatte Recht, ich war der Grund, wieso es uns gejagt hat.

Er schwieg und sie gingen einträchtig nebeneinander her.

Nach einer Weile, in der Strider über die Herde nachgedacht hatte, blieb er stehen und fragte Chesire:

"Willst du alleine weiterziehen? Ich kann auch gerne gehen."

Chesire hielt ebenfalls an und sah ihn mit gemischten Gefühlen in den braunen Augen an. Strider erkannte, dass sein Bruder nicht gerne alleine war, aber trotzdem lieber eine eigene Herde gründen wollte, anstatt ein Fohlen am Schweif kleben zu haben. Er wartete auf Chesires Antwort, machte sich aber schon bereit, wieder alleine weiterzuziehen. Der ältere Hengst schnaubte kurz und antwortete dann langsam.

"Ich habe dich echt gern Strider und ich will nicht, dass dir etwas zustößt…"

"Aber?", unterbrach Strider ihn.

Chesire holte Luft und fuhr fort:

"Aber ich habe mir ein Ziel gesetzt. Und zwar, eine eigene Herde zu gründen. Dafür muss ich einige Herden aufsuchen. Deshalb denke ich, dass es besser ist, wenn wir beide getrennt weitergehen." Er blickte Strider tief in die Augen und seufzte. Dieser verstand ihn gut. *Ich glaube, mir würde es in seiner Situation genauso gehen.* "Schon gut, mir macht es nichts aus, alleine zu sein. Außerdem…"

Er hob den Kopf ein Stück höher.

"… habe ich das Gefühl, dass sich unsere Wege noch einmal kreuzen werden. Wir haben uns bestimmt nicht zum letzten Mal gesehen."

Bei diesen Worten sah Strider Zweifel in Chesires Augen, aber der Hengst sagte nichts. Er streckte den Kopf vor und begann, Striders Hals zu kraulen. Der Falbe erwiderte seine Geste und genoss den Abschied.

18. KAPITEL

Nachdem Strider in eine andere Richtung als Chesire gelaufen war, dauerte es nicht lange und er fühlte sich bereits wieder einsam. Er war froh, dass die Herde in Sicherheit war, aber er vermisste sie auch.

Der nächsten Herde, die ich treffe, schließe ich mich an, beschloss er.

Aber wie lange würde er bis dahin noch einsam herumstreunen?

Und in welcher Richtung soll ich überhaupt suchen? Es kann ewig dauern, bis ich wieder eine finde..., dachte er.

Es schien hoffnungslos.

Würde er überhaupt jemals wieder in einer Herde leben können?

19. KAPITEL

Im Sommer fand Strider endlich eine Herde und näherte sich ihr langsam. Er hoffte, dass diese ihn aufnehmen würde. Doch kaum war er in Sichtweite der Pferde, noch weit entfernt, stürmte auch schon ein wild aussehender Rappe auf ihn zu. Er hatte eine Haltung, die keinen Zweifel daran ließ, dass er der Herdenchef war. Strider blieb stehen und wartete, bis der fremde Hengst zu ihm gekommen war. Drohend schnaubend hielt dieser vor dem Junghengst an, die Ohren fest an den Kopf gepresst. Die Statur des Fremden war muskulös und kräftig, nicht so schlank, wie die der Pferde aus Striders Herde. Sein Fell war rabenschwarz, seine Beine hatten alle weiße Abzeichen und eine spitz zulaufende Blesse zierte sein breites Gesicht. Die dunklen Augen hatte er zusammengekniffen.

Das Erscheinungsbild des Hengstes erinnerte Strider ungewollt an seine Mutter. Peres war auch eine Rappstute mit weißen Socken und Blesse. Allerdings war es ihr möglich, jede Fellfarbe und Körperstatur anzunehmen, weil sie ein Kelpie war.

Die raue Stimme des Herdenchefs riss Strider aus seinen Gedanken.

"Was willst du hier?"

Die Worte waren beinahe geknurrt und man konnte spüren, dass Strider hier nicht willkommen war. Er ließ seine Vorderbeine einknicken und sank vor dem fremden Hengst in eine unterwürfige Haltung. Auch seiner Stimme gab er einen milden Klang, als er antwortete.

"Ich heiße Strider. Ich habe meine Herde verlassen und hatte gehofft, ich könnte eine Weile bei euch bleiben.

Selbstverständlich werde ich gehen, wenn ihr es mir nicht gestattet, mich euch anzuschließen."

Strider musste fast würgen. So benahm sich doch kein normales Pferd!

Mit einem Mal schlug die Stimmung um. Strider hob den Blick ein Stück und erkannte, dass eine Stute zu ihnen gekommen war. Sie war nicht viel älter als Strider selbst und war wunderschön. Ihr Fell war grau mit einem leichten Braunstich. Ihre Mähne konnte Strider nicht sehen. In ihrem silbrig-weißem Schweif erkannte er ein paar schwarze Strähnen und vermutete, dass der Ansatz ebenfalls dunkel war. Ihre Beine hatten dunkle Socken und weiße Abzeichen hoben die Fesselgelenke hervor. Der Herdenchef schien vor ihr nicht so rüde rüberkommen zu wollen, weshalb er die Ohren wieder aufgestellt und die Augen nicht mehr zu Schlitzen verengt hatte. Seine Stimme war erstaunlich freundlich, als er sie begrüßte.

"Hallo, Ferey. Ich habe diesen jungen Hengst in der Nähe unserer Herde bemerkt und habe ihn gerade gefragt, ob er bei uns bleiben will. Was meinst du?"

Ob ich bleiben will? Wann hast du mich das gefragt?!

Strider spürte Wut in sich hochkochen. Niemals würde er sich einer Herde anschließen, deren Anführer ein scheinheiliger Lügner war!

Lieber fresse ich mein Leben lang nur dürres Gras!

Doch seine Meinung änderte sich schlagartig, als er die Stimme der Stute vernahm, die zu ihm sprach. Sie klang leicht melodisch und war so sanft, dass er dachte, er könnte sie den ganzen Tag anhören.

"Hallo Großer. Ich heiße Ferey und du?"

Strider antwortete wie automatisiert.

"Ich… ich bin Strider."

Sein Herz schlug schneller, als Ferey den Kopf senkte und ihn sachte anstupste.

"Na los, steh auf. Wir beißen schon nicht."

Steif erhob sich der Junghengst und stand nun vor den beiden fremden Pferden. Nun erkannte er auch die Farbe der Mähne und den Kopf der Stute. Sie hatte eine Mähne, in deren Mitte die Haare schwarz und außen weiß waren. Eine hübsche, breite Blesse verlief von der Stirn bis zu ihren Nüstern. Ihre Augen malen ein dunkles Blau, welches Strider das Gefühl gab, er würde in einem tiefen Gewässer versinken, wenn er hineinsah.

Eine kurze Stille trat ein, als der Junghengst sich in den Tiefen dieser Augen verlor. Schließlich schnaubte der Herdenchef und unterbrach den Moment. Ferey drehte den hübschen Kopf zu ihm und der Rappe trat näher an sie heran. "Also, wirst du bei uns bleiben?" Die Frage war an Strider gerichtet und dieser fasste sich schnell wieder. Er richtete sich etwas mehr auf und antwortete mit fester Stimme. "Ja, ich werde bleiben. Ich danke euch, dass ihr mir gestattet, mich eurer Herde anzuschließen." Der Rappe vor ihm hob den Kopf noch höher und sah auf ihn herab. "In unserer Herde gelten Regeln. Erstens: Ich bin der Chef und alle hören auf mich.

Zweitens: Die Junghengste müssen gehen, wenn sie drei Jahre alt sind.

Drittens: Wer denkt, er könnte mich besiegen, kann sich gleich verabschieden. Gekämpft wird nicht."

Er senkte drohend die Stimme, als er fortfuhr:

"Und viertens: Die Stuten gehören mir. Also denk nicht einmal daran, dir hier irgendwelche Freundinnen zu suchen!"

Obwohl Ferey immer noch neben ihm stand, kniff er warnend die Augen zusammen. Strider nickte rasch und wunderte sich kaum über den Unterschied zu seiner Herde.

Somuran hatte den Junghengsten die Wahl gelassen, ob sie kämpfen wollten oder nicht, aber Strider wusste bereits, dass das nicht überall so war. Strider erlaubte sich, noch etwas zu sagen.

"Eine Frage habe ich noch. Darf ich erfahren, wie ich meinen Herdenchef anreden soll?"

Der Angesprochene sah ihn kurz abschätzend an, dann antwortete er langsam.

"Ich heiße Piceny, und so redest du mich auch an."

Dann drehte er sich um und schritt voraus zur Herde, die immer noch ein ganzes Stück entfernt graste.

Ferey ging ebenfalls los und Strider reihte sich neben ihr ein. Er wartete eine Weile, dann fragte er sie:

"Bist du hier geboren?"

Fast hoffte er, sie würde mit Ja antworten, doch Ferey schüttelte den Kopf.

"Nein, ich bin vor etwa drei Monaten hierhergekommen. Damals war noch nicht Piceny, sondern sein Vater Dimsey der Herdenchef. Er hat mir erlaubt, mich ihnen anzuschließen. Einen Monat später hat Piceny seinen Vater besiegt und die Herde übernommen. Hier sind viele stämmige Pferde und Piceny ist nicht gerade der Stärkste. Ich glaube, deshalb hat er die Regel eingeführt, dass nicht gekämpft wird. Seine gleichaltrigen Brüder haben alle gegen seinen Vater verloren, weshalb er sich um sie keine Gedanken machen muss. Sobald die restlichen Hengstfohlen seines Vaters die Herde verlassen haben, wird er keine Probleme mehr haben, weil dann alle Fohlen ohnehin etwas kleiner sein werden, wenn er der Vater ist. Die Stuten hier sind etwas kleiner. Soweit ich weiß, sind zwei Junghengste, Fohlen seines Vaters, zwei Jahre alt, das heißt sie müssen nächstes Jahr gehen. Dieses Jahr haben zwei Stuten drei Hengste zur Welt gebracht, zwei davon sind Zwillinge. In ein paar Jahren müssen sie die Herde verlassen. Voriges Jahr wurden nur Stuten geboren! Das ist vielleicht ein Wunder! In meiner ehemaligen Herde gab es jedes Jahr mehr Hengstfohlen als Stutfohlen. Deshalb habe ich auch fast keine Schwestern. Kannst du dir vorstellen, wie sehr die Herde auf diese Weise schrumpft? Wenn das so weitergeht, gibt es sie in ein paar Jahren nicht mehr!"

Ferey stoppte abrupt und ihre Augen wurden traurig. Etwas leiser fuhr sie fort:

"Sie haben mich verstoßen. Vor einem halben Jahr. Sie meinten, ich sei eine Gefahr für die Herde, wegen meinem Bein."

Sie warf einen gequälten Blick auf ihr linkes Hinterbein und Strider erkannte, dass es etwas seltsam gebogen war.

"Was ist damit?", traute er sich zögerlich zu fragen.

Ferey sah ihn an, tiefe Verzweiflung lag in ihrem Blick, bei welcher sich Striders Herz zusammenzog.

"Ich wurde so geboren. Es ist nicht richtig gewachsen und deshalb kann ich nicht so schnell laufen. Das ist aber wichtig, wie du natürlich weißt. Und weil meine Herde immer auf mich warten musste, wenn wir geflohen sind, sind viele Pferde meinetwegen gestorben. Also haben sie mich verstoßen, um nicht noch mehr Pferde zu verlieren."

Sie wandte den Blick ab und trottete langsam weiter. Strider dachte daran, dass er ebenfalls seine ganze Herde in Gefahr gebracht hatte, und zwar nur durch seine Geburt. Er blickte voraus, ob Piceny gerade zu ihnen nach hinten sah. Als das nicht der Fall war, wagte er es, die Nüstern in Fereys Richtung zu strecken, um ihr aufmunternd den Hals zu kraulen. Doch bevor er ihr nahe gekommen war, drehte sie den Kopf um und sah ihm ganz plötzlich in die Augen.

Er zuckte erschrocken zurück und schlug die Augen nieder. Ferey aber zog sanft an seinem Schopf und er hob den Blick wieder. Ihre Augen waren warm und herzlich. Und ganz plötzlich wollte Strider sie seine Stute nennen dürfen. Er sah in ihre Augen, dieses scheinbar unendlich tiefe Blau. Dann fragte er mit zitternder Stimme:

"Ferey? Ich weiß, wir kennen uns gerade mal ein paar Minuten, aber…"

Seine Stimme brach und Ferey blickte ihn erwartungsvoll an. Er holte noch einmal tief Luft und wollte dann weitersprechen. Doch Picenys tiefe Stimme unterbrach ihn.

"Ferey! Komm zu mir nach vorne! Dieser Junghengst ist kein guter Umgang für dich."

Striders Kopf schoss hoch und er erkannte, dass der Herdenchef stehen geblieben war und ihn scharf ansah.

"Regel Nummer vier: Die Stuten gehören mir! Wenn du das nicht akzeptierst, kannst du gleich wieder gehen."

Strider wappnete sich dafür, zu kämpfen, wenn er dadurch Ferey bekam, aber die Stute warf ihm einen bittenden Blick zu, der ihn wohl davon abhalten sollte. Sie hatte Recht. Piceny war zu groß, zu stark, für Strider. Einen echten Kampf würde er nicht gewinnen können. Also senkte er den Kopf und bekam gerade noch mit, wie Ferey an ihm vorbei zu Piceny ging. Danach spürte er nichts mehr, außer Kälte, Verzweiflung und Hunger. Mit einem Mal kam der Erdboden näher, er brach zusammen.

Seitenumbruch

20. KAPITEL

Strider öffnete die Augen einen Spalt breit und sah ein Stück entfernt eine kleine Gruppe Pferde stehen. Um sie herum spielten Fohlen, deren Mütter in der Nähe grasten. Ein Pferd löste sich von den anderen und kam zu Strider. Er kannte es nicht, merkte aber, dass es eine ältere Stute war. Sie blieb vor ihm stehen und senkte den Kopf. Ihr Atem kitzelte Strider an der Nase, als sie seinen Kopf beschnupperte.

Er schloss rasch wieder die Augen, um sich schlafend zu stellen, doch die Stute hatte ihn bereits durchschaut und sprach ihn sanft an.

"Hallo Kleiner, ich bin Dalin. Du brauchst dich nicht zu fürchten, ich will dir nur helfen. Piceny hat erzählt, dass du zusammengebrochen bist. Dann hat er dich hierhergebracht. Ich kümmere mich um dich, bis du wieder fit bist. Ist das okay für dich?"

Strider war ihr dankbar für ihre Hilfe und dafür, dass sie ihn erst fragte, bevor sie etwas tat. Als er sprach, war seine Stimme rau und krächzend, als wäre sie schon lange nicht mehr benutzt worden. Er brachte ein "Danke" heraus, dann ließ er die Augen wieder zufallen und hörte, wie Dalin davon ging, um ihn schlafen zu lassen. Und ehe er es sich versah, war er auch schon eingeschlafen.

Ein warmer Pferdekörper schmiegte sich an Strider. Er öffnete die Augen und sah Ferey hinter sich liegen. Sie hatte den Kopf über seinen Hals gebeugt und beknabberte seine Mähne. Strider wunderte sich, dass Piceny ihr erlaubt hatte, ihn zu besuchen, fragte aber nicht nach und genoss einfach ihre Gegenwart. Nach ein paar Herzschlägen hob

Ferey den Kopf und sah auf eine Stelle vor Strider. Er folgte ihrem Blick und sah zwei Fohlen auf sich zukommen. Ein kleiner Hengst, grau, wie Ferey selbst, das andere eine helle Falbstute wie Strider. Sie sprangen fröhlich zu ihnen und legten sich an seine Flanke. Fereys Blick wanderte zu den Fohlen und sie sprach mit ihnen. Strider verstand nichts, aber die Fohlen wurden auf einmal ganz ernst. Mit großen Augen sahen sie ihn an. Dann stand der kleine Hengst auf und trat vor Striders Gesicht. Er blickte ihn traurig an, ließ sich dann langsam zu Boden gleiten und kuschelte sich an die Brust des hellen Falben. Dieser war völlig überrascht. Waren das seine Fohlen? Wie war das möglich? Wie lange hatte er geschlafen? Er konnte das kleine Herz in der Brust des Mausfalben hämmern spüren und sah zu ihm hinab. Dann wandte er den Kopf zu Ferey und dem anderen Fohlen um und erkannte, dass auch die Augen der kleinen Stute traurig waren. Ferey selbst schien in keinster Weise berührt zu sein.

Ihr Blick war konzentriert, so als müsste sie gerade eine schwere Aufgabe erledigen. Was auch immer sie gesagt hatte, den Fohlen machte es deutlich mehr aus. Plötzlich wurde ihre Blesse zu hellbraunem Fell und auch die Farbe ihres restlichen Körpers veränderte sich. Schließlich lag nicht die junge Mausfalben-Stute hinter ihm, sondern Dalin, deren Blick angespannt wirkte, während sie Kletten aus Striders Mähne zog. Er drehte den Kopf herum und schaute nach den Fohlen, doch da war niemand. Nur Dalin, die hinter ihm schnaufte und die Herde in der Nähe.

War das ein Traum? Habe ich das alles nur geträumt? Aber was hat Ferey ihnen gesagt? Ist das auch einer meiner Träume, die wahr werden könnten?

Striders Gedanken überschlugen sich fast. Eine Klette hatte sich besonders fest in seiner Mähne verhakt und Dalin zog fest daran. Strider wieherte laut auf, weil es eine empfindliche Stelle war. Sofort schossen die Köpfe der anderen Pferde in die Höhe und Strider sah Piceny herangaloppieren.

Verdammt, muss das sein?

Er wäre am liebsten weggelaufen, doch Dalin hinderte ihn daran. Sie legte ein Vorderbein über seine Flanke und hielt ihn zurück. So musste er warten, bis der Herdenchef bei ihnen angekommen war. Der Boden schien unter den mächtigen Hufen des Rappen zu beben. Piceny starrte Strider wütend an und knurrte ihm ins Gesicht:

"Was bildest du dir ein, hier so herumzuschreien?"

Wut brodelte in Striders Bauch.

Wer schreit hier? Ich darf doch wohl noch reagieren, wenn es wehtut!

Aber er sagte nichts. Dalin übernahm. "Tut mir leid, Piceny Schatz. Ich habe wohl etwas zu fest an dieser Klette gezogen. Ich kann mir vorstellen, dass das wehtut."

Piceny Schatz?

Strider blinzelte verwirrt. War Dalin Picenys Leitstute?

Warum würde eine Stute freiwillig seine Leitstute sein?, dachte er abfällig und musterte Dalin.

Sie sieht etwas zu alt aus, um eine Herde zu führen. Ist sie seine Mutter?

Natürlich, Farnyth war auch Somurans Mutter und Leitstute gewesen. Dalin war ungefähr so alt wie sie, schätzte Strider. Piceny riss ihn aus seinen Gedanken.

"Mag ja sein, aber hättest du ihn nicht darum bitten können, leise zu sein? Die Fohlen sollen schlafen." Erst jetzt merkte Strider, dass es Abend war. Die Sonne ging bereits unter und die Nacht brach an. Er sah sich um. Die Fohlen standen bei ihren Müttern und sahen zu ihm herüber. Die älteren Stuten blickten ihn aus vorwurfsvollen Augen an, während er in den Blicken der jüngeren Neugier erkennen konnte. Ferey konnte er nicht entdecken, sie war wohl weiter entfernt.

Ferey…, dachte Strider, aber bevor sich seine Gedanken weiter von der Gegenwart entfernen konnten, stieß Piceny ihn an. Es war kein kräftiger Stoß, aber Strider starrte ihn trotzdem entrüstet an.

Wie kann er es wagen?

Er wollte aufstehen, aber Dalin hielt ihn immer noch am Boden. Also blieb er liegen und wartete auf Picenys Worte.

"Du sollst dich von Dalin versorgen lassen, ruhig sein und dich nicht zu weit wegbewegen. Ist das jetzt klar?"

Sein strenger Blick brannte sich in Striders Augen. Dieser nickte. Er wollte nicht noch mehr Ärger. Solange er so schwach war, war er weder in der Lage zu fliehen, noch konnte er gegen den Rappen kämpfen. Im Moment konnte er einfach zufrieden sein, dass Dalin ihn gesund pflegen würde und er frisches Gras zu fressen und den Schutz der Herde hatte.

21. KAPITEL

Ein paar Tage später war Strider wieder vollständig gesund. Dalin kam immer wieder kurz zu ihm, um sich zu vergewissern, dass es ihm gut ging. Ihre Erkenntnis war aber jedes Mal dieselbe.

"Du bist gesund."

Strider verstand nicht, warum sie ihn dann weiter aufsuchte, bis ihm etwas auffiel. Die anderen Pferde der Herde mieden Dalin. Wenn sie den Fohlen zu nahe kam, riefen die Mütter schnell nach den Kleinen.

Sie scheint nicht besonders beliebt zu sein, dachte Strider und beschloss jemanden zu fragen.

Er streifte in einigem Abstand zu den Stuten und Fohlen herum, bis er zwei Junghengste entdeckte. Sie standen beieinander und redeten miteinander. Als Strider sich näherte, fiel der Blick des einen auf ihn. Der Schimmel kniff die Augen zusammen und murmelte seinem Bruder, der mit der grauen Hinterhand zu Strider stand, etwas zu. Dieser drehte sich um und strahlte Strider freundlich entgegen.

In einer Herde mit einem Lügner als Anführer, bin ich mir nicht sicher, wem ich trauen kann und wer anderen ebenfalls gerne etwas vormacht, schoss es Strider durch den Kopf.

Er trat trotzdem näher.

"Hallo, ich bin Alic.", begrüßte ihn der Apfelschimmel.

Er sah fröhlich und unbekümmert aus und Striders Misstrauen verflog. Der Schimmel hingegen, der immer noch bei Alic stand, schnaubte nur abfällig und trabte davon. Ohne den Kopf zu drehen, rief er Alic noch etwas zu:

"Entscheide dich!"

Strider wusste nicht, worüber die beiden Junghengste geredet hatten, bevor er dazukam, weshalb er die Miene des Apfelschimmels genau musterte. Alics Augen wurden für einen Moment von einem dunklen Schatten überzogen, aber im nächsten Augenblick waren sie wieder klar. Strider dachte nicht weiter darüber nach und begann ein nettes Gespräch mit Alic.

Der Junghengst stellte sich als sehr gesprächig heraus und Strider fühlte sich schon bald sehr wohl in seiner Gegenwart. Er erfuhr viel über die Herde, wer wann welches Fohlen zur Welt gebracht hatte und wer die Leitstute war. Dalin war es nicht, was Strider eigentlich nicht besonders überraschte. Die Palominostute wirkte weder sonderlich beliebt, noch schien sie es gewohnt zu sein, Befehle zu erteilen. Nein, Dalin war eine gewöhnliche Stute in der Herde. Leitstute war Paley. Alic beschrieb die Stute als einen Tigerschecken mit ungewöhnlich gefleckten Beinen und Strider meinte, sie schon einmal gesehen zu haben. Laut Alic war sie Reyfis Tochter, der ältesten Stute in der Herde. Strider erkundigte sich nach Dalin und erfuhr, dass sie sich gerne um andere Pferde kümmerte, was viele Stuten nicht mochten. Sie hatten Angst, Dalin könnte ihre Fohlen verletzen, nur um sich dann um sie kümmern zu dürfen, erklärte Alic. Strider verstand und beschloss, etwas netter zu Dalin zu sein.

Ich gehöre nicht wirklich zur Herde, also warum ihre Meinung wegen Dalin teilen?

Er verabschiedete sich von Alic, der ihm anbot, jederzeit wiederzukommen. Strider nahm dankbar an und suchte nach Dalin. Sie war immer freundlich zu ihm gewesen und jetzt hatte er das Gefühl, dass er in Alic einen guten Freund gefunden hatte. Dessen Bruder hingegen schien den Falben nicht zu mögen. Aber mit der Zeit würden sich die Zahlen von Striders Feinden mit denen seiner Freunde ausgleichen, da war er sich sicher.

22. KAPITEL

Strider lebte nun schon ein halbes Jahr bei der Herde. Alic und er waren tatsächlich Freunde geworden und Strider hatte es geschafft, dass Dalin nicht mehr von der gesamten Herde gemieden wurde. Zwar waren die anderen Stuten immer noch vorsichtig in ihrer Nähe, aber sie war nicht mehr so einsam. Es tat gut, wieder in einer Herde zu leben, selbst wenn es nicht Striders Familie war. Er hatte sich gut eingelebt und ein paar Freunde gefunden. Zwei der Hengstfohlen, von denen Ferey schon berichtet hatte, tobten gerne mit Strider umher. Er vermisste Fony, Julez und Doley, mit denen er oft gespielt hatte, als er noch bei seiner Herde war. Aber Hely und Unaki waren ebenso fröhlich wie seine Halbgeschwister und er tollte gerne mit ihnen zwischen den anderen Pferden herum.

Am schönsten aber waren die Nächte bei der Nachtherde. Nicht nur, dass die Sonnenuntergänge dank der hoch gelegenen Position auf einem Hügel hier besonders schön anzusehen waren. Nein, nachts traf sich Strider mit Ferey. Sie hatte ihn einmal an einem sonderbar heißen Tag gesucht und ihm erklärt, dass Piceny sie immer in seiner Nähe haben wollte. Aber nachts hielt der Herdenchef Wache und bestand darauf, dass sie bei der Herde schlief. Von dort aus hatte sie sich ein Stück weggeschlichen, wo Strider auf sie gewartet hatte. An ihrem gemeinsamen Platz beobachteten sie oft aneinander geschmiegt die Sterne und unterhielten sich über alles Mögliche. Wie auch in dieser Nacht.

23. KAPITEL

Strider verabschiedete sich von den zwei jungen Fohlen und trabte dann zu ihrem Treffpunkt. Ferey war noch nicht da, aber sie würde kommen. Sie kam immer. Es dauerte nicht lange, dann kam sie auch schon auf ihn zu. Ihre Mähne wehte im frischen Abendwind und sie drückte sich an ihn, sobald sie bei ihm war.

"Schönen Abend, Fremde!", begrüßte Strider sie scherzhaft.

Ferey schnaubte sanft und beknabberte sachte seinen Hals.

"Sieben Monate und du kennst mich immer noch nicht!", stieg sie in seine Späße mit ein.

Strider kniff sie liebevoll ins Ohr und schlug vor:

"Lass uns ein Wettrennen machen! Den Hügel runter bis zum nächsten Wald."

Von seiner Reise hierher wusste er, dass der nächste Wald etwa zwanzig Minuten von hier entfernt war. Das galt allerdings nur, wenn man im Schritt ging. Ein Wettrennen würde wesentlich schneller ablaufen. Ferey nickte zustimmend, drehte sich in die Richtung des Waldes und wartete, bis Strider bereit war. Der Falbe stellte sich neben sie und begann zu zählen.

"Eins…"

"Zwei…", fuhr Ferey fort.

"Drei!", riefen sie beide und wollten losstürmen, aber da trat ihnen ein Pferd in den Weg. Strider schrak zusammen und erkannte Alic erst etwas später. Der Apfelschimmel stand vor ihnen, mit erhobenem Haupt und warnenden Augen. Ferey trat näher an Strider heran, als würde sie Schutz bei ihm suchen.

"Ich wusste, dass ihr hier sein würdet!", schnaubte Alic und sein Blick wurde milder.

"Ihr wisst, dass ihr das nicht dürft, oder?"

Strider reckte den Kopf.

"Was dürfen wir nicht? Piceny hat nie verboten, dass wir uns treffen. Wenn doch, dann so, dass ich das nicht mitbekommen habe!"

Er schnaubte, um seine Worte zu bekräftigen, aber Alic sah verwirrt aus.

"Was? Nein, das meinte ich nicht. Ich bin auch gegen Picenys 'Alle-Stuten-gehören-mir!'-Getue. Ich meinte, ihr dürft nicht zum Wald runterlaufen."

Strider wollte protestieren.

Was ist das jetzt schon wieder für eine doofe Regel?

Aber Alic fuhr nur verschmitzt fort:

"Nicht ohne mich!"

Er schnaubte lachend und stellte sich an Striders andere Seite.

"Also, geht's los, Bruder?", fragte er den verdutzten Falben.

Dieser antwortete nicht, sondern kniff die Augen zusammen und brachte seine Beine in Position. Ferey schnaubte vergnügt und stellte sich ebenfalls hin.

"Eins... zwei... drei!", diesmal hatte Strider alleine gezählt und sie stürmten wild darauf los.

Den Hügel hinunter mussten sie aufpassen, um sich nicht zu überschlagen, unten war es einfacher. Strider wurde langsamer, ihm ging es nicht mehr darum, zu gewinnen. Er genoss die Zeit mit seinen Freunden. Aber als Ferey von vorne rief:

"Der letzte ist ein humpelnder Kojote!", preschte er noch einmal los.

Er überholte Alic und lief neben Ferey. Er wollte etwas sagen, aber sie blinzelte nur fröhlich und erhöhte ihr Tempo noch mehr. Strider war überrascht, dass sie trotz ihres krummen Hinterbeins so schnell war. Ehe er sich versah, war sie auch schon an den ersten Bäumen angelangt. Freudig wiehernd bäumte sie sich auf und sah ihnen stolz entgegen. Strider blickte kurz zu Alic zurück, der noch ein Stück weiter hinten war und lief dann als Zweiter ins Ziel. Ferey begrüßte ihn erfreut, sie war schon wieder auf alle Viere gelandet. Alic traf als letzter ein, aber es machte ihm nichts aus. Er keuchte, trotzdem strahlten seine Augen eine Freude aus, die Striders Herz erzittern ließ.

Sie sind so unbeschwert. Sie müssen sich keine Sorgen um ein Wesen machen, das die Herde töten will.

Strider buckelte ausgelassen und war glücklich.

24. KAPITEL

Als die drei jungen Pferde langsam zur Herde zurück trabten, spottete Ferey über Alic. Der Apfelschimmel nahm es locker und scherzte mit ihr. Strider lief neben ihnen, lachte mit, beteiligte sich aber nicht an ihren Späßen. Schließlich meinte Ferey:

"Alic, es ist offiziell: Du bist ein humpelnder Kojote!" Alic lachte herzhaft, aber Strider hörte ihn fast nicht. Die Stimmen seiner Freunde trieben in weite Ferne, als seine Gedanken abschweiften. Er fühlte sich in der Zeit zurückversetzt. Vor ihm tauchten die gelben Augen des Kojotenjungen auf, die ihn ansahen. Wut brannte darin, heiß und brodelnd neben der Trauer, die Striders Herz zu zerreißen schien. Seite an Seite, wie Geschwister im Einklang erkannte er Frieden und Ruhe. Tiefe Ruhe, ewige Ruhe. Strider wollte etwas sagen, wollte sich bei dem Kojoten entschuldigen. Für seinen Tod und den seiner Familie. Doch bevor er etwas sagen konnte, wurden die gelbbraunen Augen des Kojoten dunkler und ähnelten eher denen eines Pferdes.

Als Strider blinzelte, stand Olary vor ihm. Die Umgebung war schwarz geworden, sodass Strider den Rappen beinahe nicht sehen konnte. Einzig seine Blesse und der Stern auf seiner Stirn gaben preis, dass er da war. Strider starrte ihn an, er war verwirrt.

Wo ist der Kojote hin? Warum ist es immer schwarz, wenn ich mit Olary rede? Träume ich gerade, obwohl ich nicht schlafe?

Olary streckte die Nüstern vor und berührte Strider sanft an der Stirn. Aber anstatt den weichen Nüstern des Rappen spürte Strider einen stechenden Schmerz.

"Was...?", rief er in die Dunkelheit.

Doch Olary war weg.

"Weißt du, Kojoten sind eigentlich gar keine so schlechten Tiere. Sie sind gefährlich, ja, aber doch nur, weil sie Hunger haben. Ansonsten würden sie uns wahrscheinlich nicht jagen."

"Und kannst du mir auch erklären, warum sie überhaupt Fleisch fressen? Wenn sie sich von Gras und Pflanzen ernähren würden wie wir, würden sie bestimmt auch satt werden und viele Pferde würden noch leben."

Die Stimmen seiner Freunde rissen Strider aus seinen dunklen Gedanken. Er dachte schon, er hätte sich die Begegnung mit Olary nur eingebildet, aber der Schmerz auf seiner Stirn überzeugte ihn vom Gegenteil. Er schrie auf, als sein ganzer Kopf zu pochen begann und sich anfühlte, als würde er gleich bersten. Die Unterhaltung zwischen Ferey und Alic brach abrupt ab, als sie erschrocken zusammenzuckten. Striders Vorderbeine knickten ein und er sank zu Boden. Keuchend blieb er liegen, während die beiden anderen schockiert zu ihm kamen. Sie sahen auf ihn hinab, Panik und Entsetzen in den Augen.

"Was ist los? Was ist passiert?"

Eine neue Stimme ertönte etwas entfernt. Dalin stand oben auf dem Hügel und sah zu ihnen herunter. Ferey konnte es ihr nicht erklären, also kam die Stute zu ihnen gestürmt. Sie blieb neben Strider stehen und musterte ihn. Schweiß verklebte sein Fell, während er sich auf dem Boden krümmte. Sie trat näher und drückte ihm die Nüstern an den Hals. Als würde ihm die Berührung Schmerzen bereiten, zuckte der Falbe zusammen und schrie auf. Ferey stürzte zu seinem Kopf und legte sich hin. Sie bettete sein Haupt auf ihre Vorderbeine und presste ihre Stirn an seine.

Der Junghengst beruhigte sich ein wenig, schnaufte aber noch ziemlich schnell. Dalin sah Ferey an.

"Das tut ihm gut, bleib liegen. Alic, könntest du bitte nach oben laufen und aufpassen, dass uns niemand sieht?" Der Apfelschimmel nickte und galoppierte den Hang hinauf. Oben blieb er stehen und blickte wachsam in alle Richtungen. Ferey liebkoste währenddessen Striders Ohren. Sie zuckten, aber der Falbe schien sich langsam wieder zu entspannen. Dalin stand neben ihnen und wusste nicht recht, was sie tun sollte. Also wartete sie geduldig, bis Strider wieder ganz ruhig war. Als er zu keuchen und zucken aufhörte, half sie Ferey, ihn zu stützen. Der Junghengst strauchelte und fiel fast hin, aber Dalins starke Schulter stützte ihn. Zu dritt trotteten sie langsam den Hang hinauf. Als sie bei Alic ankamen, meinte Dalin, er solle wieder mit ihnen zur Herde zurück, aber der Apfelschimmel erwiderte:

"Nein, ich bleibe hier. Es kann leicht sein, dass Striders Wiehern Raubtiere auf uns aufmerksam gemacht hat. Ich will nicht, dass die Herde unvorbereitet angefallen wird."

Strider, der mittlerweile wieder vollständig denkfähig war, fühlte sich elend. Es wäre seine Schuld, wenn wirklich Raubtiere angreifen würden. Er wollte sich entschuldigen, aber Alic warf ihm einen freundlichen Blick zu und er schwieg dankbar. Sein Freund verstand, dass er das nicht gewollt hatte. Weder er selbst noch jemand von den anderen konnte begreifen, was gerade geschehen war. Also blieb ihm nichts anderes übrig, als sich von den beiden Stuten zur Herde bringen zu lassen und sich auszuruhen. Hoffentlich würde es ihm morgen besser gehen.

25. KAPITEL

Tatsächlich fühlte Strider sich schon besser, als er im warmen Sonnenschein aufwachte. Dalin lag neben ihm, vermutlich hatte sie hier geschlafen. Die helle Mähne der Stute war zerzaust und in ihrem Schweif hingen trockene Grashalme. Strider wollte sie wecken und sich bei ihr bedanken, aber dann überlegte er es sich anders. *Am besten lasse ich sie schlafen, ich kann ihr später noch danken.*, beschloss er und stand auf.

Sein rechtes Hinterbein schmerzte. Zögernd testete er, ob sonst alle Beine schmerzfrei waren, dann trottete er langsam hinüber zum Rest der Herde. Hely sah von seinem Platz an der Seite seiner Mutter auf und wieherte erfreut, als er Strider erblickte. Sein Zwillingsbruder Unaki hob ebenfalls den Kopf und sprang dann zu Strider herüber. Hely folgte ihm und umkreiste den Falben fröhlich.

"Können wir fangen spielen? Oder Wettrennen?", fragte Unaki aufgeregt. Hely widersprach ihm aufgebracht:

"Nicht schon wieder! Heute bin ich dran mit Spiel aussuchen! Und ich sage, wir spielen, wer am meisten Trinken kann!"

Er schüttelte die kurze Mähne und trabte dann zu dem kleinen Teich in der Nähe. Unaki sah ihm missmutig nach und Strider besänftigte den kleinen Hengst.

"Schon gut, heute spielen wir, was dein Bruder will, morgen darfst du aussuchen. Versprochen!"

Er stupste das Fohlen an und es lief zu seinem Bruder. Strider folgte ihm, insgeheim war er froh, dass er nicht laufen musste. Er war nicht sicher, ob er dafür schon fit genug war. Wasser trinken konnte er definitiv!

Die beiden Fohlen könnten unterschiedlicher nicht sein. Obwohl sie sich rein äußerlich mit ihrem dunkelbraunen Fell und den Abzeichen ziemlich ähnlich sahen, hatten sie verschiedene Vorlieben. Unaki rannte am liebsten umher und tollte mit seinem Bruder oder Strider über die Wiese. Hely hingegen war ruhiger. Er suchte sich immer eine Beschäftigung, die man ausführen konnte, ohne sich dabei allzu viel von der Stelle bewegen zu müssen. Wie etwa Wetttrinken oder Anstarr-Wettbewerb.

Als Strider bei den beiden ankam, zappelte Hely schon vor Ungeduld. Er sah Strider drängend an und dieser senkte den Kopf näher zur Wasseroberfläche. Hely und Unaki bereiteten sich ebenfalls vor und auf Striders Schnauben hin, tranken sie, was das Zeug hielt. Schluck um Schluck rann das kalte Wasser Striders Kehle hinunter und nach ein paar Herzschlägen spürte er, wie sich sein Bauch allmählich füllte. Er warf einen Blick nach links, wo Hely tapfer trank. Ein Blick in die andere Richtung zeigte Strider, dass Unaki schon aufgegeben hatte. Der kleine Hengst keuchte und starrte auf das Wasser. Strider dachte kurz, Unaki hätte etwas Ungewöhnliches dort gesehen, aber gleich darauf verwarf er den Gedanken wieder. Unaki beruhigte sich und legte sich hin, um ihnen zuzusehen. Strider trank nun langsamer, er hatte das Gefühl, er müsse gleich platzen.

Wie passt so viel Wasser in so einen kleinen Bauch?, fragte er sich und sah Helys Flanke an. Da erkannte er, dass das Fohlen zwar trank, aber nicht so schnell wie er, sondern deutlich langsamer.

Es geht darum, wer länger durchhält, nicht, wer wieviel Wasser trinken kann!, fiel Strider plötzlich ein und er änderte seine Taktik.

Er nahm einen Schluck und behielt ihn eine Weile im Maul, bevor er ihn runterschluckte. So war das Wasser nicht ganz so kalt und er konnte lange trinken. Hely stampfte mit dem Huf auf, als er erkannte, dass Strider seine Taktik durchschaut hatte. Strider schmunzelte und hob das Maul aus dem Wasser. Hely sah ihn verwundert an, dann riss auch er den Kopf hoch und begann, jubelnd herumzuhüpfen. Er rannte zu seinem Bruder, schnappte nach dessen Mähne und zischte davon.

Ach, du kannst also doch schnell sein!, dachte Strider belustigt, während er Hely beobachtete, der vor seinem Bruder davonlief.

Unaki hasste es, wenn jemand nach ihm schnappte, es machte ihn oft wütend. Dann war es schwer, ihn wieder loszuwerden. Die beiden Fohlen flitzten zwischen den anderen Pferden hin und her, duckten sich unter Bäuchen hindurch und riefen rasch eine Entschuldigung, wenn sie jemanden angerempelt hatten. Nach ein paar Minuten vergaß Unaki, dass er wütend gewesen war und genoss das Herumtoben. Das Spiel hatte ein jähes Ende, als sich plötzlich Piceny vor ihnen aufbaute. Hely schaffte es, rechtzeitig abzubremsen, aber Unaki krachte mit Schwung gegen Picenys Vorderbeine. Der Herdenchef bäumte sich auf, stolperte zwei Schritte zurück und ließ sich wieder auf alle Viere fallen, ohne eines der Fohlen zu verletzen. Hely und Unaki sahen mit großen Augen zu ihm auf, die Schultern hochgezogen unter Picenys strengem Blick. Strider beeilte sich, ihnen zu helfen. Als er nahe genug war, hörte er Picenys Worte:

"Passt bloß auf, was ihr hier macht. Noch einmal so eine Aktion und ich könnt euch eine andere Herde suchen! Ich zögere nicht, euch zu verstoßen, auch nicht um eurer Mutter Willen! Bedenkt das, wenn ihr das nächste Mal so spielen wollt!"

Der Herdenchef drehte sich um und wollte davonstürmen, doch Strider trat ihm in den Weg. Wütend erwiderte er Picenys grimmigen Blick.

"Lass die armen Fohlen in Ruhe!", schnaubte er den Rappen an. Piceny wollte kontern, aber Strider ließ ihn nicht zu Wort kommen.

"Was können sie dafür, dass sie Spaß haben wollen? Sie sind Fohlen, Piceny! Du warst nie klein, nehme ich an?!" Er sah den Hengst aufgebracht an.

Wieso muss er immer so verbissen sein? Weiß er nicht mehr, wie es sich anfühlt, angeherrscht zu werden, nur weil man gespielt hat? Oder hat er das wirklich nie erlebt?

Piceny warf dem Falben einen Blick aus seinen dunklen Augen zu, bei dem Strider mulmig zumute wurde. Verachtung und Bitterkeit spiegelten sich darin, vor allem blanker Hass. Hass auf… worauf eigentlich? Strider stellte sich gerade hin und schnaubte herausfordernd. Er war immer noch nicht sicher, ob er gegen Piceny kämpfen könnte. Er bekam keine Chance, sich zu beweisen, der Herdenchef drehte sich einfach stumm um, funkelte die Fohlen noch einmal an und schritt dann an ihnen vorbei zu einer entfernten Stute, die auf ihn wartete. Als Strider genau hinsah, erkannte er Fereys hellgraues Fell und die breite Blesse. Am liebsten wäre er sofort zu ihr gelaufen und hätte ihr erzählt, was eben vorgefallen war, aber er wagte nicht, erneut in Picenys Nähe zu kommen. Also blieb er bei den Fohlen und beruhigte sie sanft.

Ferey hat ohnehin alles mitbekommen, überlegte er und dachte nicht weiter an sie.

26. KAPITEL

Es wurde wärmer und jener Frühling war gekommen, in dem Strider drei Jahre alt werden würde. Er sollte er die Herde vorher verlassen.

Strider wachte auf, als ihn ein Huf grob gegen die Rippen stieß. Er sah hoch und erkannte die Umrisse von Piceny. Der Herdenchef stand still und wartete ungeduldig, bis Strider auf den Beinen war. Danach herrschte er ihn an:

"Wo ist sie?"

Strider war verwirrt.

"Was? Wer?"

Piceny schnaubte genervt und antwortete in herablassendem Tonfall.

"Dalin! Sie ist weg! Wo ist sie?"

Der Falbe wechselte einen schockierten Blick mit Alic, der neben ihm stand. Dann wandte er sich wieder Piceny zu.

"Ich weiß nicht, wo sie ist. Sie wollte gestern einen Abendspaziergang machen. Danach habe ich sie nicht mehr gesehen.", berichtete er wahrheitsgemäß.

Wo die alte Stute wohl hingegangen war? Und warum war sie nicht schon längst wieder hier? Strider konnte sich gut vorstellen, dass diese Fragen in den Köpfen sämtlicher anderer Pferde hier auftauchten. Er selbst wusste nur, in welche Richtung sie verschwunden war.

"Sie wollte in den Wald unten am Hang.", erläuterte er.

Piceny zuckte zusammen. Er sah Strider erschrocken an, Angst um seine Mutter leuchtete in seinen geweiteten Augen. Er wirbelte herum und preschte über den Hügel zum Hang, an dessen Fuß sich das Wäldchen befand. Strider warf Alic einen verwunderten Blick zu. Dann stürmte er seinem Herdenchef hinterher, der Apfelschimmel neben ihm. Am Wald angekommen, hielten sie an und starrten angestrengt in die Schatten. Strider konnte nichts erkennen, ebenso schien es Piceny und Alic zu gehen. Also setzten sie sich wieder in Bewegung. Sie trabten in den Wald hinein und sahen sich zwischen den Bäumen nach Dalin um. Doch die helle Stute war nirgends zu sehen. Sie trabten weiter und hörten auf jedes noch so leise Geräusch. Plötzlich hallte ein durchdringend lautes Wiehern durch den Wald.

"Dalin!"

Piceny stürzte in die Richtung, aus der der Schrei zu kommen schien. Nach ein paar Sprüngen des Herdenchefs ertönte erneut ein Wiehern, diesmal aus der entgegengesetzten Richtung. Piceny wollte umdrehen und dorthin laufen, aber Alic verstellte ihm den Weg.

"Bleib hier!", riet er seinem Anführer. "Wir wissen nicht genau, wo sie ist, am besten, wir warten ab, ob wir herausfinden können, in welche Richtung wir wirklich laufen sollten."

Piceny wollte widersprechen, senkte aber nur niedergeschlagen den Kopf und folgte Alic und Strider zu einer kleinen Lichtung, von der sie dachten, dass sie ziemlich zentral im Wald lag. Dort standen sie still und warteten auf den nächsten Schrei. Strider fühlte sich unwohl. Die Schatten unter den Bäumen waren besonders lang, weil die Sonne noch nicht sehr weit gewandert war. Die Äste bewegten sich und die Blätter rauschten im warmen Wind. In den Schatten spiegelte sich alles als dunkle Gestalten, die nach den Pferden zu greifen schienen. Strider tänzelte nervös auf der Stelle und Picenys Ohren zuckten angespannt.

Nur Alic bewegte sich nicht mehr als nötig und war höchst konzentriert. Seine dunklen Augen suchten den Wald nach Anzeichen der Lichtfuchsstute ab. Doch von Dalin war nichts zu sehen.

Nach einer Weile wurden Striders Beine schwer und er wollte sich gerade niederlassen, als ein erneutes Wiehern durch die Bäume schallte. Es kam aus dem Norden, aber Alic stürmte los Richtung Süden.

"Was machst du denn da?!", rief Piceny dem Junghengst zu.

Er sah ihm empört nach und blickte dann Strider an. Dieser wusste nicht, was er tun sollte. *Hat Alic Angst? Läuft er deswegen in die andere Richtung? Oder hat er eine Spur?*, überlegte Strider und entschied sich, dem Apfelschimmel zu folgen, während Piceny nach Norden lief.

Bereits nach wenigen Sprüngen hatte Strider Alic eingeholt. Er sah ihn fragend an:

"Was ist los? Kam das Wiehern nicht aus Richtung Norden?" Alic antwortete stoßweise, er keuchte.

"Ja, das sollten wir denken... aber ich habe genauer hingehört und ein... ein viel leiseres Wiehern genau aus dieser Richtung gehört."

Er deutete mit dem Kopf auf die Bäume vor ihnen. Strider nickte und reihte sich hinter dem Apfelschimmel ein, als die Bäume enger standen. Langsam galoppierten sie durch den Wald, sorgsam darauf bedacht, nichts zu übersehen. Ein Wiehern ließ sie kurz innehalten, dann liefen sie in derselben Richtung weiter. Nach ein paar Minuten sah Strider zwischen den Bäumen Dalins helles Fell aufblitzen. Er machte Alic darauf aufmerksam und der Apfelschimmel bremste ab. Strider musste beinahe eine Vollbremsung machen, um den Junghengst nicht zu rammen. Alic näherte sich langsam dem Pferd und achtete darauf, nicht zu viele Geräusche zu machen.

Denkt er etwa, Dalin würde uns etwas antun, wenn wir sie erschrecken?

Als sie nur mehr wenige Schritte von der Stute entfernt waren, merkte Strider, dass etwas nicht stimmte. Die Stute stand starr da und bewegte sich nicht. Ein furchtbarer Gedanke schoss Strider durch den Kopf.

Ist sie versteinert?

Dann beruhigte er sich etwas.

Quatsch, ihr Fell ist braun, nicht grau und aus Stein. Außerdem kann ich sie atmen sehen.

Er trat vorsichtig neben die Stute und versuchte, zu erkennen, was sie so erschreckte. Er drehte den Kopf und sah etwas in einiger Entfernung. Es sah nicht aus, wie etwas, das Strider kannte, aber er wusste trotzdem, was es war.

Das Wesen! Es ist zurück! Aber was will es mit Dalin? Sie versteinern?

Er stellte sich schützend neben die ältere Stute auf und merkte, dass sich Alic an ihrer anderen Seite positionierte. Plötzlich krachte es im Unterholz hinter ihnen und Piceny brach daraus hervor. Seine Augen weiteten sich, als er Dalin erblickte. Er stürzte zu ihr, stieß Strider unsanft weg und presste sich an seine Mutter.

Gern geschehen, dachte Strider bitter.

Alic blieb beharrlich stehen und sah immer noch der Bedrohung entgegen. Strider wollte nicht für Dalins Tod verantwortlich sein, sollte es wirklich vorhaben, sie zu versteinern. Also machte er Piceny auf das Fremde aufmerksam und meinte, als dieser erschrocken drein blickte:

"Wir sollten gehen. Wenn wir hier bleiben, könnte es sein, dass ein oder mehrere Pferde sterben."

Damit wandte er sich um und ging voraus. Bereits nach drei Schritten merkte er, dass ihm keiner folgte. Er drehte den Kopf und erkannte, dass Piceny und Alic ihn ansahen. Picenys Blick war feindselig, Alics freundlich, aber fragend. Strider seufzte und erklärte:

"Ich kennen dieses Wesen, okay. Es hat viele meiner Freunde und Pferde meiner Familie getötet. Das will ich euch ersparen, also kommt."

Alic machte große Augen und setzte sich in Bewegung. Piceny beäugte Strider immer noch skeptisch. Dann wandte er sich seiner Mutter zu und stieß sie an, um sie zum Weggehen zu bewegen. Doch im selben Moment, in dem sich die Stute bewegte knallte es laut. Strider riss entsetzt den Kopf hoch, war darauf gefasst, jederzeit die verhängnisvolle graue Farbe auf Dalins Fell zu erkennen. Doch da war nichts. Weder Alic noch Piceny oder Dalin waren hier. Sie waren verschwunden! Strider warf panische Blicke um sich. Auf dem Boden lagen sie nicht, was gut war. Aber auch sonst waren sie nirgends zu sehen. Dann erst merkte er, dass auch das Wesen verschwunden war.

Was ist hier los?, fragte er sich.

Doch schon im nächsten Augenblick verstand er. Olary trat zwischen den Büschen hervor, seine dunkle Gestalt hob sich schwarz von dem satten Grün ab. Er stellte sich vor Strider und sah den Falben durchdringend an.

"Willst du Leben retten oder welche verlieren? Tu das Richtige Kleiner, auch, wenn es nicht das Einfachste ist!"

Dann drehte Olary sich um und verschwand wieder im Wald. Strider starrte ihm nach. Als die Blätter den Rappen verschluckten, dachte er verärgert:

Was soll das den jetzt? Als er meinte, ich solle die Herde verlassen, hat er das auch klar gesagt und nicht in Rätseln gesprochen!

Sein Ärger verschwand augenblicklich, als er Dalin erblickte, die an Picenys Schulter lehnte. Strider stürzte zu ihr und suchte nach Stein in ihrem Fell. Aber da war nichts. Nur Blut, das von einer Wunde an ihrer Schulter stammte und langsam ihr Bein hinablief. Piceny stützte seine Mutter und sie stolperte ein paar Schritte vorwärts. Alic eilte an Dalins andere Seite. Zwischen beiden Hengsten trottete sie durch den Wald. Strider lief hinter ihnen, die Ohren gespitzt und die Muskeln angespannt. Er war sich sicher, dass das Wesen nicht einfach so aufgeben würde.

Aber warum blutet Dalin? Hat es ihr das angetan?

Er grübelte noch länger, bis er schließlich merkte, dass der Wald sich lichtete. Die Wiese vor dem Hügel war zwischen den Stämmen der Bäume zu sehen, dahinter erblickte er die sanfte Erhebung. Die kleine Gruppe blieb am Waldrand stehen, um zu verschnaufen. Danach ging es noch langsamer weiter. Piceny sagte ein paar Worte zu Alic, worauf dieser von Dalin abließ und sich zu Strider zurückfallen ließ. Der Falbe war entsetzt, als er an der kräftigen Schulter seines Freundes verschmierte Blutflecken erkannte. Alic bemerkte seinen schockierten Blick und erklärte, dass das Dalins Blut sei, er selbst war nicht verletzt. Strider beschnupperte ihn trotzdem, musste ihm aber zustimmen. Dalin war die einzige Verletzte. Alic verlangsamte sein Tempo, um mehr Abstand zwischen die Junghengste und die beiden anderen zu bringen und redete dann mit Strider.

"Du hast gesagt, du kennst dieses Wesen?"

Strider seufzte und nickte. "Ja, es hat meine Ziehmutter und meinen Halbbruder getötet, ebenso ein paar andere Pferde aus meiner Familie. Deshalb habe ich meine Herde verlassen."

"Aber warum ist es dann hier?", fragte Alic. "Ist deine Herde in der Nähe?"

Strider verneinte. Auf diesen Gedanken war er noch gar nicht gekommen. Aber er wusste ja, dass das Wesen seinetwegen hier war.

"Nein, sie sind weit weg, Richtung Sonnenaufgang."

Er hielt inne.

"Ich weiß nicht, warum es hier ist.", log er dann und blickte zurück auf den Wald.

Alic schnaubte.

"Egal, wir wollen es nicht hier haben. Wenn es schon Pferde getötet hat, wie lange wird es dauern, bis es bei uns auch zuschlägt?"

Nicht allzu lange, dachte Strider grimmig. *Ich muss hier weg!*

Was, wenn das Wesen herausfand, dass er Ferey liebte und sie ausnutzen würde? So wie Ikan. Bei ihr war es zum Glück gut ausgegangen, aber wer wusste schon, wie es hier sein würde. Nein, er durfte Fereys Leben nicht in Gefahr bringen. Alic riss Strider aus seinen Gedanken.

"Sieh mal!", meinte der Apfelschimmel und deutete in den Himmel. "Es scheint, als würde es bald zu regnen beginnen."

Strider blickte ebenfalls nach oben und bemerkte dunkle Regenwolken, die über den Himmel zogen und die Sonne verdeckten. Er nickte.

"Lass es uns den anderen sagen. Dalin muss schnell zur Herde zurück!"

Er eilte voran und teilte Piceny ihre Beobachtung mit. Der Rappe hob ebenfalls den Blick und drängte Dalin sanft zur Eile. Strider wurde ungeduldig. Die alte Stute war ohnehin ziemlich langsam und jetzt war sie verwundet. Er trabte an ihre andere Seite und schob sie mit seiner Schulter sachte, aber bestimmt voran. Piceny sah ihn böse an, sagte aber nichts. Strider stützte die helle Stute, als sie strauchelte, aber nach ein paar Schritten hatte sie sich an das Tempo gewöhnt. Sie waren nur mehr ein paar Schritte von der Hügelkuppe entfernt, als die Wolken einen Schwall Wasser von sich ließen. Große, kalte Tropfen trafen Strider am Rücken und er zuckte ein wenig zusammen. Doch er schüttelte sie nicht ab, sondern trieb Dalin weiter.

Schließlich traten sie zwischen die Pferde der Herde und sahen sich um. Die Fohlen hatten bei ihren Müttern Schutz gesucht, während Tores, der zweite Junghengst in der Herde, etwas abseits stand und wachsam um sich sah. Strider vermutete, dass der Schimmel auf Raubtiere gefasst war, die dieses Wetter ausnutzen könnten. Paley entdeckte sie als erste. Sie wieherte erfreut und kam Piceny entgegen. Ihr Fohlen, Waliky, folgte ihr rasch, um nicht dem Regen ausgesetzt zu sein. Piceny begrüßte die Leitstute knapp und ging dann mit Dalin in die Mitte der Herde. Manche Stuten wichen zurück und zogen ihre Fohlen mit sich. Doch Piceny, dem das Verhalten der Herde seiner Mutter gegenüber mittlerweile aufgefallen war, schnaubte aufgebracht.

"Was soll das?", fuhr er die dunkelbraune Stute Zadin an, als diese ihre Tochter Nimay vor Dalin versteckte. Die Stute zuckte zusammen und senkte den Kopf. Picenys Blick wanderte von einer Stute zur anderen und blieb an denen hängen, die wie Zadin ihre Fohlen verdeckten. "Warum?", fragte der Herdenchef wütend. "Hat sie jemals etwas anderes getan, als geholfen? Nein, niemals! Warum versteht ihr das nicht? Meine Mutter würde niemandem etwas antun!"

Er drehte sich um und half Dalin, sich hinzulegen. Strider trat zurück und sah zu, wie der Rappe sorgsam darauf achtete, dass Dalins verletzte Schulter verschont blieb. Die helle Stute keuchte und sank dankbar zu Boden. Piceny blickte hoch und sah in Striders Gesicht. Zum ersten Mal hatte der Falbe das Gefühl, als hätte Piceny doch kein Herz aus Stein. In den Augen des Rappen lagen Angst und Entsetzen.

Er fürchtet, sie könnte sterben!, erkannte Strider und sah auf Dalins Wunde hinab.

Währenddessen fragte Piceny, ob irgendjemand etwas wusste, das Dalin helfen könnte. Niemand antwortete dem schwarzen Hengst.

"Bei meinem Vater! Wenn wir nichts tun, wird sie verbluten!", rief er aus.

Strider musterte die Verletzung. Es schien, als würde der Blutfluss nicht versiegen. Piceny hatte Recht, auch wenn Strider das nur ungern zugab. Sie würde sterben, wenn sie nichts unternahmen. Er hob den Kopf, als eine bekannte Stimme an sein Ohr drang.

"Ich glaube, wir können nicht viel tun, außer die Wunde sauberhalten und Dalin vor dem Regen schützen.", meinte Ferey.

Strider sah sie an, Sorge glitzerte in ihren hellblauen Augen. Doch mit einem Mal wurden sie braun und ihr Kopf wurde schwarz.

Ihre Blesse wurde schmaler und teilte sich. Und plötzlich stand nicht mehr Ferey, sondern Olary vor Strider. Die übrigen Pferde nahm er wie durch einen Nebelschleier war, verschwommen und schwer erkennbar. Der Falbe seufzte.

Ein seltsames Rätsel am Tag reicht mir!

Trotzdem wartete er geduldig, was Olary zu sagen hatte. Der Rappe murmelte leise:

"Ich sagte doch bereits, dass es nicht einfach wird, richtig?"

Strider schenkte ihm nur einen vernichtenden Blick. Olary ignorierte ihn und fuhr fort.

"Dalin wird sterben, wenn du nichts tust."

Der Junghengst schnaubte wütend.

"Das weiß ich auch selbst!", rief er gereizt.

Olary blinzelte nur.

"Es gibt etwas, das du tun kannst, Strider. Das Gras, es kann die Blutung stillen. Presst es nur auf die Wunde, nachdem diese gesäubert ist. Alles wird gut, wenn du mir vertraust."

Und schon verschwanden seine Umrisse, während die Gestalten der anderen Pferde wieder schärfer wurden. Ferey sah immer noch Piceny an und wartete auf eine Antwort von ihm. Strider hob den Kopf.

"Ich weiß, was wir tun können.", rief er leise aus.

Picenys skeptischer Blick folgte ihm, als er zu einem hohen Grasbüschel trottete. Er schnupperte daran und riss dann ein maulvoll Halme ab. Er spürte das raue Gras auf seinen Lippen und trug es zu Dalin. Er blieb stehen und sah Piceny an.

"Ich glaube, wenn wir die Wunde säubern und danach Gras draufpressen, könnten wir die Blutung stoppen."

Piceny sah ihn feindselig an und es war offensichtlich, dass er Strider nicht glaubte, aber Ferey trat vor und legte sich neben Dalin. Sie sah zu Piceny auf.

"Ich würde sagen, einen Versuch ist es wert! Besser, als einfach zuzusehen, wie sie stirbt."

Dann zog sie ihren Kopf zurück, sodass die Regentropfen Dalins Schulter erreichten. Das Fell an deren Schulter färbte sich rot von dem Blut, aber es funktionierte. Bereits nach wenigen Minuten war die Wunde sauber und Strider legte sich ebenfalls hin. Seine Flanke berührte Fereys, aber er reagierte nicht. Piceny durfte nicht wissen, was Strider und Ferey füreinander empfanden. Selbst, wenn es vielleicht nur Freundschaft war. Der Falbe legte das Gras auf Dalins Schulter und verteilte es, sodass es die ganze Wunde abdeckte. Sie war ziemlich klein und Strider wunderte sich, wie so viel Blut aus so einer kleinen Verletzung fließen konnte. Dalin stöhnte und begann zu keuchen, aber schon bald beruhigte sie sich wieder. Ihre Atemzüge wurden gleichmäßiger und sie schloss die Augen. Der Regen prasselte auf ihr Fell und durchnässte es. Bald klebte das Gras von selbst auf Dalins Wunde und der Blutfluss versiegte. Ferey seufzte erleichtert und auch Piceny stieß den angehaltenen Atem aus. Strider trat zurück und ließ Piceny an seine Mutter heran. Dieser legte sich neben sie und strich ihr sanft über den Hals. Strider sah sich um und bemerkte, dass sich die Herde wieder etwas verteilt hatte. Auch der Regen schien allmählich nachzulassen. Er suchte kurz nach den Fohlen, die alle bei ihren Müttern standen.

Langsam begann sich die Müdigkeit auf ihn herabzusenken und er beschloss, sich einen Platz für die Nacht zu suchen. Er trabte ein Stück weg von Piceny und Dalin und schob das nasse Gras ein wenig zur Seite, sodass der Boden zum Vorschein kam. Dieser war auch ziemlich feucht, aber besser als das tropfende Gras. Er legte sich hin und versuchte zu schlafen. Doch es gelang ihm nicht. Strider wälzte sich am Boden, rieb sich den Dreck ins Fell, aber einschlafen konnte er nicht. Schließlich stand er auf, um sich die Beine zu vertreten.

In einiger Entfernung sah er Picenys schwarze Gestalt über Dalin gebeugt wachen. Tores hielt am Rand der Herde nach Gefahren Ausschau. Ferey konnte Strider nicht sehen, wahrscheinlich hatte sie sich eine trockenere Stelle gesucht. Leise ging Strider durch die Herde, vorbei an schlafenden Pferden, deren Ohren im Schlaf zuckten. Bei Nila blieb er stehen. Um die Beine der dunkelbraunen Stute schliefen Hely und Unaki. Strider schloss die Augen und lauschte den regelmäßigen, tiefen Atemzügen der Fohlen. Dann schlich er leise weiter. Schließlich fand er Ferey. Sie lag in einer kleinen Mulde, umgeben von tropfenden Grasbüscheln. Strider sah, dass sich ihre Flanken hoben und senkten, allerdings öfter, als bei schlafenden Pferden.

Sie kann auch nicht schlafen.

Er knickte die Vorderbeine ein und legte sich zu Ferey. Das nasse Gras an seinem Bauch beachtete er nicht. Ferey hob alarmiert den Kopf, doch als sie ihn erkannte, beruhigte sie sich.

"Hallo.", begrüßte sie ihn flüsternd. "Was machst du hier?"

Strider streckte ihr die Nüstern entgegen.

"Ich konnte nicht schlafen.", wisperte er zurück. "Also habe ich dich gesucht. Es scheint, als wärst du auch die ganze Zeit wach gewesen.", fügte er mit einem Blick auf ihren schlammigen Rücken hinzu.

Ferey lachte leise.

"Ja, ich freue mich schon auf den nächsten Regen."

Strider rückte näher zu ihr und legte ihr den Kopf über den Hals.

"Du bist trotzdem wunderschön.", murmelte er. Dann schloss er die Augen.

Ferey begann, seinen Hals mit den Zähnen zu kraulen und ehe er sich versah, war Strider eingeschlafen.

27. KAPITEL

"Strider, wach auf. Mach schon!", weckte ihn Fereys Stimme.

Er öffnete die Augen und blinzelte sie an. Sie war schon aufgestanden und sah nun auf ihn hinab.

"Piceny schläft noch. Zum Glück. Ich will nicht, dass er uns sieht. Komm schon, steh endlich auf!"

Strider murrte, kämpfte sich auf die Beine und schüttelte seine Mähne aus. Feine Tropfen besprühten Ferey und sie zuckte zusammen.

"Oh, tut mir leid!", entschuldigte sich Strider sofort.

Er war es nicht gewohnt, neben ihr aufzuwachen. Ferey sah ihn liebevoll an.

"Schon gut. Aber jetzt musst du los!"

Sie stieß ihm sanft mit dem Kopf gegen die Schulter, aber Strider rührte sich nicht.

Ich will noch nicht gehen.

"Ich will bei dir bleiben."

Als er merkte, dass er es war, der das gesagt hatte, schrak er zurück.

"Ich meine...", begann er zu stottern, aber Ferey beruhigte ihn.

"Versteh' ich doch, ich will auch nicht, dass du gehst."

Sie presste ihren Kopf gegen seine Schulter.

"Aber du musst weg hier. Piceny soll uns doch nicht sehen, oder?"

Strider senkte den Kopf.

"Nein.", murmelte er und trottete davon.

Ferey rief ihm nach:

"Tut mir leid!"

Mir auch, dachte Strider und ließ sich auf seinem Schlafplatz nieder.

Er sah der Sonne entgegen, die langsam am Horizont auftauchte. Piceny ist ohnehin zu beschäftigt mit Dalin. Er drehte den Kopf und suchte nach dem schwarzen Hengst. Erst dachte er, Piceny sei bereits bei Ferey, da erkannte er seine Gestalt neben Dalin. Strider stand auf und schritt leise zu ihnen hinüber. Piceny hob den Kopf, als sich Strider näherte.

"Wie geht es ihr?", fragte Strider und sah auf Dalin hinab.

Tau bedeckte ihre Flanken und die kleine Wunde, aber sie atmete regelmäßig.

"Besser.", antwortete Piceny knapp.

Er betrachtete seine Mutter ebenfalls einen Augenblick lang, dann fuhr er fort:

"Woher wusstest du von diesem Wesen? Warum hast du mir nicht schon viel früher davon erzählt?"

Strider staunte, wie schnell sich Picenys Stimmung änderte. Gerade eben hatte er noch sanft auf Dalin geblickt, jetzt starrte er Strider böse an. Dieser erwiderte den Blick des Rappen furchtlos.

"Bis jetzt war es nicht wichtig. Das ist ein Teil meiner Vergangenheit und die geht dich nichts an."

Piceny durchbohrte schweigend Strider mit seinem Blick.

Gerade wollte Strider noch eins draufsetzen, da hob Dalin den Kopf und schnaubte leise:

"Hört auf. Mir geht es wieder besser, Piceny. Ich werde wieder gesund und zwar, weil Strider wusste, wie ihr meine Wunde versorgen konntet. Also hör auf, ihn zu verurteilen und bedanke dich lieber bei ihm."

Sie ließ den Kopf wieder auf das Gras sinken und schloss die Augen. Piceny warf Strider einen vernichtenden Blick zu, dann stand er auf und rief nach Ferey. Die hellgraue Stute kam angetrabt und Strider verspürte wieder seinen gewohnten Hass auf Piceny. Ferey schmiegte sich an Picenys kräftige Schulter und der Rappe sah Strider selbstgefällig an.

Wenn du wüsstest!, dachte Strider zufrieden bei sich.

Er selbst kannte die Wahrheit, dass Ferey nur so tat, als wäre sie liebend gern Picenys Stute. In Wahrheit verabscheute sie ihn genauso wie Strider. Und das verband sie.

28. KAPITEL

Strider lief neben Unaki, er bemühte sich, den kleinen Hengst nicht zu überholen. Vorhin waren die Zwillinge zu ihm gekommen und hatten ihn gefragt, ob sie Wettrennen machen konnten. Naja, Unaki hatte gefragt, während Hely Strider anflehte, er möge nein sagen. Doch der Falbe wusste, dass es ihm auch Spaß machen würde, wenn er erst loslief. Jetzt lag Hely in Führung und Unaki strengte sich an, um aufzuholen. Strider schmunzelte und ließ sich zurückfallen.

"Nicht so schnell!", rief er seinen kleinen Freunden hinterher und Hely sah zu ihm zurück.

"Beeil dich doch!", wieherte er fröhlich.

Da wurde er von Unaki gerammt und verlor das Gleichgewicht. Er taumelte kurz, dann fing er sich wieder und flitzte seinem Bruder nach. Unaki hatte ihn überholt und rannte nun voraus. Strider fing an zu galoppieren und lief ihnen nach. Unaki sprang als erster über die Grasbüschel, die sie zur Ziellinie gemacht hatten. Hely folgte ihm und stürzte sich auf den kleinen Hengst. Strider setzte ebenfalls über sie hinweg und blieb abrupt stehen, um die Fohlen nicht zu treten. Sie waren ein Gewirr aus Beinen und schnappten nacheinander. Unaki jaulte auf, als ihn Helys Zähne am Hals trafen. Der Angreifer entzog sich seinem Bruder und trat zurück.

"Das war dafür, dass du geschummelt hast!", schnaubte er ärgerlich.

Strider wunderte sich: Wann war Hely so streitlustig geworden? Klar, sie waren sich schon öfter nachgelaufen, aber so gerangelt hatten sie noch nie. Er half Unaki auf und hielt ihn zurück, als sich der auf Hely stürzen wollte.

"Lasst das. Ihr beide."

Er sah Hely streng an.

"Ich wusste nicht, dass ihr euch gegenseitig beißt. Ist das neu?"

Hely senkte den Kopf und Unaki sah auf seine Hufe hinab.

"Hely?", drängte Strider. "Seit wann streitet ihr so?"

Hely hob den Blick und murmelte:

"Nila bevorzugt Unaki. Und ich hasse es. Ich hasse ihn."

Er funkelte seinen Zwillingsbruder an.

Nila?

Strider überlegte, was die Mutter der beiden getan hatte. Da erinnerte er sich an vergangene Nacht, als er bei den Fohlen innegehalten hatte. Das Bild der beiden blitzte in seinen Gedanken auf und erst jetzt fiel ihm auf, dass etwas nicht gestimmt hatte. Während Unaki zwischen den Vorderbeinen der Stute geschlafen hatte, war Hely neben ihren Hinterbeinen gelegen. Er grübelte, warum Nila Unaki lieber mochte, aber das Fohlen riss ihn aus seinen Gedanken.

"Gar nicht wahr! Sie hat dich doch genauso lieb! Du brauchst mich gar nicht zu hassen!"

Strider vernahm ein leichtes Zittern in der Stimme des kleinen Hengstes.

Er will eigentlich nicht streiten, erkannte er da.

Hely stieß seinem Bruder die Nüstern vors Gesicht.

"Denkst du das? Wirklich? Warum durftest du bei ihr schlafen, und ich nur unter ihrem Schweif? Warum darfst du immer als Erster trinken? Warum..." seine Stimme brach vor Empörung.

Strider trat zu ihm und versuchte ihn zu beruhigen.

"Hely..."

"Nein!", schrie das Fohlen ihn an.

"Es ist wahr! Sie liebt ihn viel mehr als mich! Und das, obwohl er eigentlich gar nicht..."

Er unterbrach sich, drehte sich um und rannte davon. Strider sah ihm hilflos nach, Unaki stolperte ihm hinterher. Strider schnappte sanft nach der Mähne des kleinen Hengstes und hielt ihn zurück. Unaki drückte sich an ihn.

"Ich wollte das doch nicht! Er ist mein Bruder, ich will nicht streiten!", schluchzte er.

Strider beugte den Hals und strich ihm sanft über die Wange.

"Er wird sich wieder beruhigen. Das dauert bestimmt nicht lange und dann spielt ihr wieder gemeinsam."

Unaki sah ihn traurig an.

"Das glaube ich nicht. Er ist so böse auf mich, das wird sich nie mehr ändern!"

Damit wandte er sich ab und trottete zu seiner Mutter. Strider sah aus der Ferne zu, wie Nila ihren Sohn begrüßte und Unaki zu trinken begann. Dann wanderte sein Blick weiter, auf der Suche nach Hely.

Wo ist er hingelaufen?

Der Falbe sah sich um, fand jedoch den kleinen Hengst nicht. Er begann, sich Sorgen zu machen und lief in die Richtung, in die Hely verschwunden war.

Hoffentlich ist ihm nichts zugestoßen!

Nach Dalins Unfall konnte die Herde nicht noch ein Unglück brauchen. Er trabte über die Wiese, ließ seinen Blick über das hohe Gras schweifen und suchte nach einer dunkelbraunen Gestalt. Da blitzte ein Fleckchen dunkles Fell zwischen den Halmen hervor. Strider lief darauf zu und sah Hely am Boden liegen. Er ließ sich schweigend neben dem Fohlen nieder. Hely sah in eine kleine Pfütze, die sich letzte Nacht gebildet hatte. Schlamm bedeckte ihren Grund

und als Hely den Huf hinein tauchte, wirbelte er auf. Das Wasser trübte sich und Hely zog den Huf wieder heraus.

"Unaki ist nicht wirklich mein Bruder.", wisperte er mit schwacher Stimme.

"Was?", fragte Strider entsetzt. "Warum... Woher..."

Hely sah ihn nicht an und sprach weiter.

"Seine Mutter ist mit Dimsey weggegangen. Sie hat ihn so sehr geliebt, dass sie ihr Fohlen zurückließ. Sie war die direkte Schwester von Nila und hat sie gebeten, auf Unaki aufzupassen. Er war damals gerade ein paar Stunden alt und kann sich nicht daran erinnern, ich war aber schon etwas älter. Nila nahm ihn auf und gab ihn als meinen Zwillingsbruder aus. Sie erzählte ihm, meine Geburt hätte sehr lange gedauert, deshalb sei er so viel jünger. Außerdem gibt es ja Zwillinge, die erst Stunden später geboren werden."

Strider nickte langsam und drückte sich an Hely. Er spürte, dass das Fohlen zitterte und legte ihm den Hals über den Rücken.

"Alles wird gut.", murmelte er, um Hely zu beruhigen.

Dann hob er den Kopf wieder.

"Weißt du, Unaki will nicht streiten. Und er kann nichts dafür, dass Nila ihn gerne hat. Vielleicht gibt sich das ja wieder und dann bist du wieder ihr Liebling."

Hely schnaubte schwach.

"Du sagst ja selbst nur vielleicht! Du weißt es ja auch nicht."

Er ließ den Kopf auf den Boden sinken und sah zu, wie das Wasser in der Pfütze wieder klar wurde. Missmutig stieß er seinen Huf noch einmal hinein und es wurde wieder braun und schlammig. Strider fühlte sich hilflos. Die beiden Fohlen wollten sich vertragen, dachten aber beide, es wäre unmöglich.

Was liegt zwischen ihnen?, überlegte Strider und sah Hely an, der traurig in die Pfütze starrte.

Da fiel es ihm wie Schuppen von den Augen.

Nila!

Die Liebe der Mutter war der Grund ihres Streits. Er wollte aufstehen und mit Nila sprechen, da sah Hely ihn an.

"Strider?"

"Ja?"

"Hat deine Mutter dich geliebt?"

Strider zuckte zusammen. Augenblicklich fühlte er sich in die Zeit zurückversetzt, an dem Peres ihn verstoßen hatte. Seine leibliche Mutter hatte ihn gehasst, dafür hatte Omir ihn geliebt, als wäre er ihr eigener Sohn gewesen. Er blinzelte, um in die Gegenwart zurückzukehren und antwortete Hely leise.

"Ja, das hat sie."

"Warum wirst du so traurig, wenn du an sie denkst?", fragte Hely.

Strider sah ihn an, schien durch ihn hindurchzusehen.

Weil sie getötet wurde, bevor ich sie richtig kennenlernen durfte.

"Weil ich eine Schwester gehabt hätte. Aber sie ist gestorben, bevor sie geboren wurde."

"Wer? Deine Mutter, oder deine Schwester?"

Strider seufzte, Hely fragte wirklich viel. Trotzdem redete er weiter.

"Meine echte Mutter wollte mich nicht. Sie hat mich weggegeben, ähnlich wie Unaki."

Mit dem Unterschied, dass seine Mutter ihn nicht töten wollte, dachte er verbittert.

"Ich bin bei einer anderen Stute aufgewachsen, und die ist nach ein paar Tagen gestorben. Noch bevor meine Schwester geboren werden konnte."

Helys Blick war interessiert auf Strider gerichtet.

"Woher weißt du dann, dass es eine Stute gewesen wäre?"

Strider sah weg, beobachtete, wie die Wolken am Himmel vorüberzogen. Die Sonne näherte sich bereits dem Horizont und der Wind frischte auf.

"Lass uns zurück zur Herde gehen. Es wird kalt hier draußen."

Er stand auf, ignorierte Helys enttäuschten Blick. Das Fohlen rappelte sich hoch und folgte ihm durchs hohe Gras.

"Wo soll ich heute schlafen?", fragte er Strider betrübt. "Ich will nicht wieder bei Nilas Schweif schlafen müssen."

Strider verstand ihn, das war bestimmt kein guter Platz zum Schlafen.

"Ich rede mit Nila. Wenn sich nichts machen lässt, kannst du bei mir schlafen."

Er wusste, dass es ihm dann nicht möglich wäre, sich zu Ferey zu schleichen, aber sie würde das verstehen. Helys Miene hellte sich sofort auf.

"Cool!", rief er aus. "Das darf Unaki nicht!"

Fröhlich buckelnd lief er voraus und wartete bei der Herde auf Strider. Er trabte zu einem nahen Teich, als sich der Falbe aufmachte, um mit Nila zu reden.

29. KAPITEL

Nila schickte Unaki spielen, als Strider sie bat, mit ihr reden zu dürfen. Danach sah sie ihn erwartungsvoll an.

"Was gibt's?"

Strider holte tief Luft und fragte erst einmal: "Sind Hely und Unaki deine Söhne?"

Nila schnaubte belustigt und nickte.

"Ja, das sind sie. Sieht man das nicht?"

Strider kniff die Augen zusammen und meinte:

"Naja, es gibt auch Fohlen, die nicht dieselbe Mutter haben und trotzdem aussehen, als wären sie Zwillinge."

Nila schnaubt.

"Klar gibt es solche. Aber nicht so häufig und das ist eher ungewöhnlich."

"Sag, wer von den beiden ist eigentlich der Ältere?"

Nila warf einen liebevollen Seitenblick auf Unaki und antwortete:

"Hely. Er ist etwas älter als Unaki."

Strider nickte langsam.

"Wie viel Unterschied liegt denn zwischen ihnen?"

Nila sah ihn wieder an.

"Ein paar Stunden. Wieso fragst du all das?"

Strider schüttelte seine Mähne und schnaubte.

"Ich will die beiden besser kennenlernen, das heißt, mehr über sie wissen. Und sie selbst können mir keine Antworten auf diese Fragen geben." Er fuhr fort: "Gab es Komplikationen bei Helys Geburt, oder warum ist er so viel älter?"

Nila nickte, ein schmerzvoller Ausdruck schlich sich in ihr Gesicht.

"Ja, es hat viel zu lange gedauert. Er lag falsch herum. War ziemlich schwierig, für mich und für ihn."

Strider sah ebenfalls zu Unaki hinüber.

"Und bei ihm ging es schneller?"

Nila folgte seinem Blick.

"Ja, er war nicht behindert durch die verkehrte Lage seines Bruders. Seine Geburt lief glatt."

Liebt sie ihn deswegen mehr? Weil Helys Geburt ihr Schmerzen bereitet hat?, dachte Strider.

Dann fiel ihm ein, dass Unaki nicht Nilas echter Sohn war.

Sie hat ihn doch gar nicht zur Welt gebracht. Das war ihre Schwester.

"Und du, hast du Geschwister?", fragte er die Stute.

Sie nickte: "Ja, ich habe eine Schwester und einen Bruder. Er hat vor ein paar Jahren gegen Dimsey gekämpft, musste aber gehen. Meine Schwester und ich sind ebenfalls Zwillinge."

"Wie hießen sie? Lebt deine Schwester hier?"

Strider sah sich unter den Pferden um, obwohl er wusste, dass sie die Herde verlassen hatte. Nila schüttelte den Kopf.

"Nein, sie hat die Herde verlassen, als Dimsey gehen musste. Piceny hat ihn voriges Jahr im Kampf besiegt und er verließ die Herde. Wir Stuten hatten die Wahl, ob wir bleiben, oder gehen wollten, und Navi hat sich für Dimsey entschieden. Damals hat sie ziemlich viel zurückgelassen."

Trauer überschattete Nilas Blick.

Was denn?

"Hatte sie Fohlen?"

Nila sah auf.

"Ja, einen Sohn, aber der war schon groß genug, um auf sich selbst aufzupassen."

Groß genug, wirklich?

Strider verkniff es sich, etwas zu sagen und spitzte weiter die Ohren.

"Er gehört zu den Junghengsten, die heuer die Herde verlassen. Mein erster Sohn muss auch gehen."

Sie suchte nach den beiden Pferden und deutete mit den Ohren auf sie, als sie sie am Rand der Herde erblickte.

"Tores und Alic. Alic ist mein Fohlen, Tores der Sohn meiner Schwester."

Strider schlug überrascht mit dem Schweif.

"Alic und Tores? Ich kenne die beiden, also Alic, Tores nicht wirklich. Ich hätte nie gedacht, dass er dein Sohn ist. Er sieht dir überhaupt nicht ähnlich!"

Verwundert musterte er Nila. Diese zuckte nur mit den Ohren.

"Siehst du, nicht immer sehen Fohlen ihren Eltern ähnlich."

Strider nickte und beschloss, das Gespräch soweit ruhen zu lassen.

Nur eines noch. Ich habe es Hely versprochen!, rief er sich in Erinnerung.

"Schlafen die beiden bei dir?", fragte er und Nila sah ihn verwirrt an.

"Alic und Tores? Nein!"

Strider schüttelte den Kopf.

"Tut mir leid. Nein, ich meinte die Zwillinge. Hely und Unaki."

Er beobachtete Nilas Miene genau und bemerkte, dass sie kurz zögerte.

"Klar! Sie sind doch meine Fohlen!"

"Hely hat gefragt, ob er heute bei mir schlafen darf. Er hat sich nicht getraut, dich zu fragen, aber ich glaube, es würde ihn sehr freuen.", sagte Strider und verflucht sich gleich darauf selbst.

Warum hab ich das gesagt? Das stimmt doch nicht mal! Aber Nila nickte nur.

"Natürlich darf er das. Wenn es ihn glücklich macht." Strider sah ein erleichtertes Aufblitzen in ihren Augen. War sie froh, dass sie Hely diese Nacht los war? Er nickte, verabschiedete sich und lief zu Alic. Der Junghengst lief am Rand der Herde auf und ab und sah ins Tal hinunter.

"Hey! Schön dich zu sehen!", begrüßte Strider ihn.

Er stupste seinem Freund gegen die Schulter. Alic sah ihn nur ausdruckslos an.

"Was ist los?", fragte Strider und ihm wurde mulmig zumute.

"Tores...", wisperte Alic und brach ab. Strider spitzte die Ohren.

"Was ist mit ihm? Hat er dich bedroht?"

Sofort meldete sich sein Beschützerinstinkt. Alic war sein Freund, Tores durfte ihm nichts tun. Aber der Apfelschimmel schüttelte den Kopf.

"Er will seine Mutter suchen.", erklärte er mit schwacher Stimme.

"Seine Mutter? Warum das denn?"

Strider verstand Tores nicht. Was brachte es ihm, seine Mutter zu finden?

"Er denkt, er könnte Dimseys Platz einnehmen. Er muss schon längst gestorben sein. Er war so alt! Also sind die Stuten, die mit ihm gegangen sind alleine."

"Und?", fragte Strider verständnislos.

"Er will, dass ich ihn begleite...", flüsterte Alic.

Strider starrte ihn an.

Nein!

"Warum? Sie ist doch seine Mutter, nicht deine. Außerdem, was sollen zwei Junghengste mit einer Herde alter Stuten?"

Alics Blick wurde verzweifelt.

"Ich weiß auch nicht, was er sich erhofft! Vielleicht denkt er, sie haben noch ein paar Fohlen bekommen, oder, dass Dimsey weitere, jüngere Stuten angeworben hat. Was weiß ich?!"

Er ließ den Kopf hängen. Strider legte ihm den Hals über den Rücken.

"Du kannst doch einfach sagen, dass du nicht mitgehst."

Sein Freund seufzte.

"Nein, kann ich eben nicht. ansonsten erzählt er allen, dass…"

Er klappte sein Maul zu und starrte nur vor sich hin.

"Dass?", drängte Strider.

Alic sah ihn nicht an. Der Falbe schnaubte sanft.

"Schon gut, mir wurde heute schon ein Geheimnis verraten und ich habe es bewahrt. Du kannst mir vertrauen!"

Alic hob den Blick und sah Strider in die Augen.

"Wirklich? Woher weiß ich, dass du es heute Nacht nicht Ferey erzählst?"

"Wir treffen uns nicht.", meinte Strider schlicht.

Alic machte große Augen.

"Sie hat dich abgewiesen? Ich dachte, sie mag dich?"

Strider schnaubte.

"Erstens: Sie liebt mich. Hoffe ich zumindest. Zweitens: Nein, nur heute Nacht. Hely schläft bei mir, da kann ich nicht zu ihr rüber schleichen."

Alic nickte und sah weg.

"Ja, sie liebt dich. Entschuldigung."

Strider stieß ihn sachte an.

"Also, womit hat Tores dich erpresst?"

"Nicht so wichtig", murrte Alic und senkte den Kopf, um ein Grasbüschel auszureißen.

Ich glaube schon, wenn es dich so bedrückt, dachte Strider, aber er behielt es bei sich.

Er löste sich von Alic und schnaubte leise.

"Ich sollte schlafen gehen. Hely wartet bestimmt schon auf mich. Ich will ihn nicht warten lassen. Sonst bekomme ich Ärger mit seinem Bruder!"

Strider schmunzelte, als Alics Kopf nach oben schnellte. Der Apfelschimmel starrte ihn verblüfft an. "Woher weißt du, dass ich..."

Strider stellte sich verwundert.

"Was, du bist sein Bruder? Ich meinte Unaki."

Alic zuckte zusammen, als Strider Unaki erwähnte. Der Falbe knuffte seinen Freund und lachte leise.

"Nein, ich weiß, dass du sein Bruder bist. Ich habe vorhin mit Nila geredet. Ich habe so einiges von ihr erfahren."

Er warf Alic einen wissenden Blick zu und kicherte dann los, wie ein kleines Fohlen. Alics Blick wurde verärgert und er rammte Strider seine Schulter in die Brust.

"Du veräppelst mich nicht noch einmal so!", wieherte er lachend.

Strider schüttelte sich.

"Das kann ich nicht versprechen!"

Er drehte sich um und lief kichernd zu seinem Schlafplatz von letzter Nacht. Hely hatte sich schon hingelegt und sah Strider entgegen. Dieser verstummte, als er näher kam und begrüßte das Fohlen freundlich.

"Ich habe mit deiner Mutter geredet. Du darfst heute bei mir schlafen."

Hely blinzelte langsam.

"Heißt das, sie will mich loswerden?"

Strider ließ sich neben dem kleinen Hengst nieder und schüttelte den Kopf.

"Nein, das habe ich nicht gefragt. Ich habe ihr erzählt, dass du gerne bei mir schlafen würdest und sie hat ja gesagt."

Das dunkelbraune Fohlen nickte fröhlich.

"Okay, das passt auch!"

Er kuschelte sich an Striders Flanke und schloss die Augen.

"Gute Nacht Strider. Und danke!"

Der Falbe strich ihm sanft über den weißen Stern, der die Stirn des Fohlens zierte.

"Gute Nacht Kleiner. Schlaf gut!"

Als die Atemzüge des kleinen Hengstes länger wurden, merkte Strider, dass er eingeschlafen war. Er hob den Kopf und sah in den Himmel. Die Sterne schimmerten als winzige Lichtpunkte vor dem schwarzen Nachthimmel. Er genoss ihr Strahlen einen Moment lang, dann ließ er den Blick über die Herde schweifen. Er suchte nach Picenys kräftiger Gestalt, doch er konnte den Herdenchef nirgends entdecken. War er bei Ferey? Wenn ja, war es ja gut, dass Strider sie nicht besucht hatte. Ansonsten hätte es wohl böse geendet. Da erregte ein Schatten Striders Aufmerksamkeit. Ein Pferd schlich am Rand der Herde entlang, Strider konnte seine Fellfarbe nicht erkennen. Vom Körperbau her war es ein ziemlich junges Pferd.

Eine der jüngeren Stuten? Oder ein Junghengst?

Er wollte aufstehen und nachsehen, was das Pferd wollte, aber da merkte er wieder, dass Hely an seine Flanke gelehnt dalag.

Mist, dachte er, jetzt kann ich nicht weg.

Er kniff die Augen zusammen und bemühte sich, wenigstens die Fellfarbe des nächtlichen Rumtreibers feststellen zu können, aber es war zu dunkel. Also spitzte er die Ohren, vielleicht war es unvorsichtig und trat auf vertrocknetes Gras. Strider selbst kannte und mied solche Stellen. Wenn er nachts zu Ferey schlich, achtete er genau darauf, nur besonders grünes Gras zu betreten. Dieses knirschte nicht, wenn man darauf stieg und federte auch die Schritte leicht. Aber auch hier wurde er enttäuscht. Es schien ganz so, als wäre dieses Pferd ebenso gut darin, sich ruhig zu verhalten, wie Strider. Enttäuschte senkte Strider den Kopf, legte ihn vor sich ab. Er lauschte weiterhin, hörte aber nichts außer dem Rauschen des Windes im Gras und den Schrei einer Krähe, die am Himmel vorbeiflog. Kurz darauf hörte er gar nichts mehr, denn er war eingeschlafen.

30. KAPITEL

Ein Schnauben an Striders Ohr ließ ihn aus dem Schlaf aufschrecken. Er blinzelte gegen die Morgensonne und versuchte zu erkennen, wer vor ihm stand.

Ferey?

"Komm schon, Strider, steh auf. Ich will spielen!", ertönte da Unakis Stimme.

Strider schüttelte seine Mähne und erblickte das Fohlen nur einen Schritt von sich entfernt. Er seufzte. Warum durfte er nicht länger schlafen? Unaki warf einen Blick auf Hely, der immer noch neben Strider lag.

"Warum ist er hier? Ich will auch bei dir schlafen!"

Neid schwang in der Stimme des kleinen Hengstes mit und er beäugte Hely mit blitzenden Augen. Strider stand leise auf, um das schlafende Fohlen nicht zu wecken.

"Sch, leise", flüsterte er Unaki zu. "Lass ihn schlafen."

Unaki sah Strider kurz an, ein Funke Bosheit blitzte in seinen Augen auf.

Will er ihn mit Absicht wecken?, fragte sich Strider.

Doch einen Moment später erlosch der Funke und Unaki trabte ruhig davon. Strider blickte noch einmal auf den friedlich schlafenden Hely, dann folgte er dem Fohlen.

Ein paar Stunden später brannte die Sonne auf die Herde nieder und machte es unmöglich, zu spielen. Strider plantschte mit Hely und Unaki in dem nahen Teich und tollte mit ihnen im Wasser umher. Als die Hitze etwas nachließ, gingen die Fohlen zu Nila und Strider nutzte seine Pause, um Alic zu suchen. Der Apfelschimmel hatte sich hingelegt, die Augen halb geschlossen, döste er in der

Sonne. Strider trat an seinen Freund heran und schnaubte leise. Alic hob verschlafen den Kopf und blinzelte.

"Was ist los?", seine Stimme klang rau vor Müdigkeit und Strider fragte sich, warum Alic so schlapp war. Normalerweise wanderte der Apfelschimmel den ganzen Tag um die Herde herum und hielt nach Gefahren Ausschau. Aber nun schien es eher so, als hätte er die ganze Nacht sämtliche Gefahren ausgelöscht, damit er jetzt schlafen konnte.

"Warst du zu lange wach?", fragte Strider und legte sich neben Alic.

Als Striders nasses Fell den Apfelschimmel berührte, schreckte er hoch.

"Wieso bist du nass!?", rief er entsetzt aus.

Strider beruhigte ihn.

"Schon gut, das ist nur Wasser. Ich habe mit deinen Brüdern im Tümpel gespielt. Und was machst du hier?"

Alic ließ sich wieder nieder.

"Die Sonne ist so schrecklich heiß! Ich glaube, so schlimm war es noch nie! Die Erde unter dem Gras ist schön kühl."

Er schob ein paar große Grasbüschel zur Seite und darunter kam die dunkle Erde zum Vorschein. Strider drückte die Nüstern dagegen und nickte.

"Stimmt, das kühlt wirklich."

Plötzlich kam er sich dämlich vor. Er redete über das Wetter!

"Wann hast du heute Nacht geschlafen? Ich meine, du bist doch sonst nicht so müde!"

Alic bedeckte die Erde wieder mit Gras und rollte sich auf den Rücken.

"Ich konnte nicht schlafen. Also bin ich aufgestanden und ein paarmal um die Herde gelaufen. Dann war ich so müde, dass ich wohl immer noch nicht ausgeschlafen bin." Er lachte.

"Und du?"

Strider ging nicht auf seine Frage ein.

"Das warst du? Nachdem Hely eingeschlafen ist, habe ich jemanden herumlaufen sehen. Warst du das?"

Alic nickte.

"War ich zu laut?"

Sein Freund schüttelte den Kopf.

"Nein, wie kommst du darauf? Ich habe dich nicht mal erkannt! Geschweige denn gehört."

Alic nickte stolz.

"Gut, Mission erfüllt! Ich wollte niemanden aufwecken. Was können die anderen dafür, dass ich nicht schlafen kann? Gar nichts."

Strider stimmte ihm zu, dann stand er auf.

"Lust, baden zu gehen? Das Wasser ist herrlich erfrischend!"

Alic sah nicht gerade überzeugt zu ihm hoch.

"Wasser? Aber das ist so nass!"

Strider lachte, drehte sich um und trabte zum Teich. Er wusste, das Alic nicht widerstehen können würde. Und er behielt Recht. Nur ein paar Momente später, gesellte sich der Apfelschimmel zu ihm und tappte zaghaft ins Wasser. Strider nahm Anlauf und sprang in hohem Boden über Alic. Er landete mitten im Teich, das Wasser spritzte nach allen Seiten. Alic bekam einen riesigen Wasserschwall ab und sah Strider frustriert an.

"Musste das sein?"

Aber seine Stimme hatte einen fröhlichen Klang und er lachte los.

"Na warte!"

Er stellte sich breitbeinig hin und schüttelte sich wie ein nasser Kojote. Strider quietschte auf und flüchtete. Der Tümpel war seicht genug, um darin stehen zu können, aber das Wasser verlangsamte sein Weglaufen deutlich. Da hörte er, wie Alic ebenfalls in den Teich kam. Er tauchte bis zu seinen Schultern unter und stand dann wieder auf.

"Ja, du hast Recht. Erfrischend ist es!", schnaubte er und schüttelte seine Mähne.

Wassertropfen besprühten Strider und er lachte.

"Danke!"

Er trottete ans Ufer und suchte festen Halt, um sich ausschütteln zu können. Alic beobachtete ihn vorsichtig und hielt Abstand. Als Strider sich trocken fühlte, bäumte er sich auf und wieherte fröhlich. Alic stieg ebenfalls auf die Hinterbeine und teilte Striders Ausgelassenheit. Doch plötzlich erstarrte er, ließ sich wieder ins Wasser fallen und verstummte. Strider folgte Alics Blick, drehte den Kopf und versteifte sich ebenfalls. Piceny stand vor ihm, wutschnaubend und mit finsterem Blick musterte er die Junghengste.

"Was...", er hielt inne, zitterte vor Zorn.

Strider ließ sich auf alle Viere zurückfallen und senkte den Kopf.

"Was soll das?"

Picenys Stimme triefte vor Hass.

"Dieser Teich...", er musste erneut unterbrechen und holte tief Luft.

"Ist unser Trinkwasser. Denkt ihr, da will jetzt noch irgendjemand daraus trinken?"

Strider warf einen schuldbewussten Blick hinter sich und erschrak beim Anblick des Wassers, das erst so klar gewesen war. Jetzt war es braun vor Dreck, sie hatten den Schlamm am Boden aufgewühlt. Er richtete sich eine Entschuldigung, da ertönte hinter ihm eine Stimme.

"Ja, wir trinken daraus."

Er wandte den Kopf um, sah Piceny ebenfalls herumwirbeln und erblickte Hely und Unaki, die vor dem Herdenchef standen. Die Köpfe trugen beide hoch erhoben, die Ohren waren gespitzt.

Ihr Selbstbewusstsein hätte ich gern, dachte Strider bewundernd.

"Ach ja?", fragte nun Piceny.

"Das will ich sehen!"

Seine Stimme wurde weicher und Strider merkte, wie sehr der Rappe das Auftreten der Fohlen verabscheute.

"Wetttrinken?", bot der Herdenchef nun mit zuckersüßer Stimme an.

"Wer am meisten schafft, darf bei Mutters Vorderbeinen schlafen."

Strider hielt die Luft an. Das war Helys wunder Punkt. Er sah, wie Ehrgeiz in den Augen des dunkelbraunen Fohlens aufblitzte und erstarrte.

Nein!, beschwor er die kleinen Hengste im Stillen, aber sie traten näher an den Wasserrand und senkten die Köpfe.

Piceny sah zu, seine Miene sagte Strider, dass er die Fohlen ab liebsten einfach in den Teich gestoßen hätte. Strider blickte auf und bemerkte, dass die anderen Herdenmitglieder ebenfalls näher gekommen waren. Sie stellten sich hinter Piceny auf und beobachteten die Fohlen. Der Blick des Falben suchte Nila. Wie konnte sie zulassen, dass ihre Söhne Schmutzwasser tranken? Aber die dunkelbraune

Stute war nicht zu sehen. Piceny gab den Fohlen das Zeichen zum Start und die beiden tranken. Schluck um Schluck rann das schlammige Wasser ihre Kehlen hinunter.

Sie sollten eigentlich noch Milch trinken, kein Brackwasser!

Nach wenigen Augenblicken merkte Strider, wie die Schlucke der Fohlen kleiner und ihre Augen größer wurden.

Sie wollen beide unbedingt gewinnen! Nilas Vorderbeine sind wohl sehr beliebt, stellte Strider fest.

Es dauerte ein paar Herzschläge, dann riss er sich zusammen und trat zwischen die Fohlen. Er zog ihre Köpfe nach oben und sah sie an.

"Es reicht. Ihr müsst das nicht tun. Piceny ist schon zufrieden. Jetzt geht zu Nila."

Die beiden nickten erschöpft und trotteten davon. Strider hörte, wie Hely Unaki noch erstaunt fragte:

"Hast du geübt? Seit wann kannst du so viel trinken?"

Das Geräusch von Hufen, die näher kamen, lenkte seine Aufmerksamkeit weg von den Fohlen. Er sah auf und erblickte Nimay, die an das Wasser trat, den Kopf senkte und zu trinken begann. Zadin folgte ihrer Tochter, Waliky stolperte Paley nach. Alle streckten sie die Nüstern ins Wasser und tranken. Nach und nach versammelten sich immer mehr Stuten und ihre Fohlen um den Teich und schluckten das kühle Nass. Alic stand immer noch in der Mitte des Tümpels und sah sich erstaunt um. Er wechselte einen Blick mit Strider, beide waren gleichermaßen überwältigt von der Unterstützung der Herde. Strider warf Piceny einen Blick zu. Der Herdenchef schäumte vor Wut, seine Augen traten aus ihren Höhlen hervor und er schnappte fassungslos nach Luft. Seine gesamte Herde hatte sich gegen ihn gestellt und unterstützte den Junghengst, den er am meisten hasste: Strider. Der Falbe genoss die Sprachlosigkeit des Rappen und fühlte sich wohl wie noch nie in dieser Herde.

Dann sah er Ferey. Augenblicklich gefror sein Schmunzeln, denn sie stand abseits. Alle halfen ihm und Alic aus der Patsche, alle außer Ferey.

Warum gerade sie? Ich dachte, sie steht am ehesten hinter mir?, wunderte sich Strider und eine plötzliche Leere tat sich in seiner Brust auf. *Ausgerechnet Ferey...*

Dann wurde ihm schwarz vor Augen und er brach zusammen.

31. KAPITEL

"Er muss gehen."

Picenys Stimme holte Strider zurück ins Bewusstsein. Er ließ die Augen geschlossen, sein Kopf schmerzte schrecklich. Wasser schwappte an seine Beine und er erinnerte sich, dass er am Teich lag. Was war geschehen? Hatte er gekämpft? Während er sich noch bemühte, sich zurück zu besinnen, was passiert war, stieß ihm jemand einen Huf gegen die Rippen.

"Wach auf. Du hast lange genug geschlafen!"

Jetzt öffnete Strider die Augen und erschrak, als er einen orangefarbenen Himmel über sich erblickte. War es schon so spät? Er blinzelte, hob den Kopf und bemerkte, dass Piceny und Dalin bei ihm standen. Dalin sah besorgt auf ihn herab, Piceny hatte den Blick abgewandt.

"Du kannst hier nicht liegen bleiben.", meinte Dalin jetzt. "Komm, wir bringen dich zu deinem Schlafplatz."

Sie beugte sich zu ihm hinunter, da trat Piceny vor und hinderte sie daran, etwas zu tun.

"Schon gut, ich mach das. Geh du ruhig schlafen."

Er drückte seiner Mutter die Nüstern an den Hals, dann wedelte er sie mit dem Schweif beiseite. Dalin nickte Strider noch einmal zu, dann trottete sie davon.

"Steh auf!", herrschte Piceny Strider an, sobald seine Mutter außer Hörweite war.

Strider widersprach nicht, rappelte sich auf die Beine und taumelte. Piceny wartete nicht, bis der Falbe sein Gleichgewicht gefunden hatte, sondern lief um den Tümpel herum voraus. Strider wankte ihm hinterher und fühlte sich, als hätte er ewig nichts gegessen. Er blieb stehen, senkte den Kopf und trank ein paar große Schlucke Wasser. Es war wieder klar und er konnte bis zum Grund des Teichs hinabsehen. Sobald das Wasser seine trockene Kehle hinunter rann, fühlte Strider sich besser. Er richtete sich wieder auf und trabte Piceny nach. An seinem Schlafplatz blieb er stehen, und sah sich nach Piceny um. Der Rappe war nicht in der Nähe, aber bei genauerem Hinsehen, entdeckte Strider ihn am Rand der Herde. Der Herdenchef lief auf und ab und sah ins Tal hinab. Der Rest der Herde war ebenfalls schon an ihren Schlafplätzen. Die Fohlen lagen bereits neben ihren Müttern und schliefen tief und fest. Weiter hinten sah Strider ein Pferd, das auf den Hinterbeinen stand und mit den Vorderhufen wedelte.

Das ist doch Fereys Schlafplatz? Wer ist das?, überlegte Strider.

Dann erst erkannte er, dass es die Stute selbst war, die versuchte, seinen Blick aus sich zu ziehen. Strider stieg ebenfalls kurz auf die Hinterbeine, um ihr zu verstehen zu geben, dass er sie verstanden hatte. Er würde zu ihr schleichen, sobald es ungefährlich war. Er hielt nach Piceny Ausschau und sah gerade noch, wie die Kruppe des Herdenchefs hinter der Hügelkante verschwand. Er würde den Rest der Nacht am Fuß des Hügels herumlaufen. Strider versicherte sich, dass auch wirklich alle schliefen, dann trottete er leise durch die Herde zu seinem Treffpunkt mit Ferey.

32. KAPITEL

Sie wartete schon auf ihn, sah ihm erwartungsvoll entgegen. Als er bei ihr angekommen war, streckte sie ihm die Nüstern entgegen.

"Wie geht's dir?", fragte sie besorgt.

Strider schmiegte sich an sie und seufzte:

"Besser."

Er schloss die Augen und genoss die Wärme, die von Ferey ausging. Doch plötzlich lief ihm ein kalter Schauer über den Rücken.

Ich bin bald drei Jahre alt!, schoss es ihm durch den Kopf. Dann würde er die Herde verlassen müssen. Die Herde… und Ferey. Er löste sich von ihr und sah sie an.

"Ferey?"

"Ja?"

Mit ihren hellblauen Augen hielt sie seinen Blick gefangen und er hauchte:

"Wenn ich die Herde verlassen muss, kommst du mit mir?"

Sorge blitzte in ihren Augen auf.

"Die Herde verlassen? Aber warum denn?"

Strider schnaubte leise.

"Piceny meinte, die Junghengst müssen die Herde kampflos verlassen, bevor sie drei Jahre alt sind. Ich bin bald drei. Also werde ich bald gehen müssen. Kommst du dann mit mir?"

Ferey stöhnte.

"Piceny und seine Regeln. Klar komme ich mit dir. Jedenfalls würde ich das gerne. Aber ich glaube kaum, dass mich Piceny aus den Augen lassen wird."

Strider schüttelte sich und sah ihr in die Augen.

"Wenn ich ohne Vorwarnung gehen muss, triff mich um Mitternacht in der folgenden Nacht bei dem großen Felsen nördlich von der Herde. Ich werde da sein und auf dich warten."

Ferey machte große Augen.

"Du wirst warten?" "Ich werde immer auf dich warten. Immer.", antwortete Strider und legte ihr den Kopf über den Hals. Er hatte das Gefühl, sein Herz würde vor Liebe zerspringen wollen. Er begann, Ferey am Mähnenkamm zu kraulen und sie beknabberte seinen Hals.

"Strider?"

Ferey riss ihn aus seinem Halbschlaf. Er war eingedöst, den Kopf auf ihrem Rücken. Jetzt hob und schüttelte er ihn, um wach zu werden.

"Ja?"

Ferey lehnte sich gegen seine Flanke.

"Hely hat gestern Nacht bei dir geschlafen, stimmt's?"

Strider schnaubte bestätigend. Ferey fuhr fort:

"Alic war bei mir."

Strider erstarrte und trat einen Schritt zur Seite. Ferey musste schnell reagieren, um nicht umzufallen.

"Wann?", fragte Strider. Ferey sah ihn nicht an.

"Nachdem Piceny verschwunden ist. So wie du auch immer kommst. Nur warst gestern nicht du hier, sondern Alic."

Strider dachte kurz nach. Alic hatte ihm erzählt, dass er um die Herde gelaufen war, weil er nicht schlafen konnte. Hatte sein Freund gelogen? War er stattdessen bei Ferey gewesen?

Aber wieso verheimlicht er mir das?, fragte sich Strider.

"Strider?", flüsterte Ferey leise.

Er sah sie an und sie erwiderte seinen Blick.

"Bist du uns böse deswegen?"

Strider schüttelte den Kopf.

"Dir nicht. Danke, dass du es mir sagst. Alic…"

"Sei bitte nicht wütend!", flehte Ferey.

Strider seufzte.

"Er hat mich angelogen. Er meinte, er hätte nur einen Spaziergang gemacht, weil er nicht schlafen konnte." Er holte tief Luft. "Wie lange war er bei dir?"

Ferey senkte den Blick.

"Bis morgens. Wir haben gar nicht geschlafen."

Deswegen war er vorhin so müde, stellte Strider fest.

"Okay."

Er legte seinen Kopf wieder auf Fereys Rücken und schloss die Augen.

"Okay? Nichts weiter?", fragte seine Freundin verdutzt.

Strider murrte.

"Was soll es denn ändern, wenn ich mich jetzt darüber aufrege? Nichts, deshalb kann ich es auch gleich lassen. Er war bei dir, als ich es nicht war, er hat mich angelogen, du hast es mir erzählt. Und nichts weiter."

Ferey schnaubte ungläubig.

"Wir haben bloß geredet", murmelte sie, mehr zu sich selbst, als zu Strider.

Dieser war schon wieder fast eingeschlafen, als Ferey ihn erneut ansprach.

"Was gibt's? War noch jemand bei dir?", erkundigte sich Strider.

Ferey druckste erst etwas herum, dann sagte sie:

"Weißt du, Piceny will mich zu seiner Leitstute machen, wenn ich alt genug bin."

Strider legte den Kopf schief.

"Das hat er dir versprochen?"

Seine Freundin nickte.

"Er hat mich echt gern."

Der Falbe lachte leise.

"Gernhaben? Nein, das ist krankhafte Sucht nach dir. Wenn man von Dalins Verletzung, der nächtlichen Wache und dem schikanieren von Fohlen und Junghengsten absieht, habe ich Piceny noch nie woanders gesehen, als bei dir. Er lässt dich doch so gut wie nie aus den Augen!"

Ferey sah weg.

"Du schon."

Was soll das werden?

Strider wagte nicht, das zu fragen, sondern meinte schlicht:

"Was soll ich auch anderes tun? Würde ich den ganzen Tag rumlaufen und dich beobachten, wüsste Piceny längst von uns."

Seine Freundin wandte ihm wieder den Kopf zu und funkelte ihn an.

"Was wüsste er? Dass wir uns nachts treffen? Dass wir Freunde sind? Denkst du, das kümmert ihn? Er ist der Herdenchef! Er kann haben wen und was er will!"

Strider starrte sie an.

"Was willst du von mir hören?"

Ferey drehte den Kopf wieder weg. Strider verstand langsam.

Fühlt sie sich hin und her gerissen, zwischen einem Dasein als Picenys Leitstute und meiner Stute?

Er drückte seine Nüstern an ihren Hals.

"Hey. Ich weiß nicht, was du meinst. Hast du Angst, er könnte dir verbieten, mit mir zu kommen?"

Ferey sagte nichts, knickte ihre Beine ein und ließ sich im Gras nieder. Strider legte sich neben sie und die Stute sank gegen ihn.

"Er lässt mich nie freiwillig weg. Deshalb musst du kämpfen."

Strider schüttelte den Kopf.

"Ich glaube nicht, dass ich das kann. Er ist viel größer und stärker als ich. Außerdem habe ich noch nie gekämpft. Er…"

"Er schon, ich weiß.", beendete Ferey seinen Satz.

"Aber wenn du gewinnen würdest, kann uns niemand aufhalten. Dann hast du mich gerecht und ehrlich gewonnen. Ist es das nicht wert?"

"Kämpfe. Warum ist das Einzige, gegen das niemand etwas sagen kann, ein Kampf?" Strider seufzte tief. "Tut mir leid, aber das klappt nicht. Er wird mir dich nicht geben. Da bekomme ich eher Nimay oder jemand anderen. Er wird alles tun, um dich zu behalten. Du musst einfach abhauen. Ohne gerecht verdient. Einfach so mit mir kommen."

Ferey schnaubte.

"Warum?"

"Warum?!"

Strider verstand nicht.

"Was meinst du damit?"

Ferey murmelte leise:

"Warum sollte ich mit dir kommen, wenn ich hier Picenys Leitstute werden kann?"

Strider musste nicht lange überlegen.

"Aus einem einzigen Grund: Ich habe etwas, das Piceny nicht hat."

Ferey sah ihn erwartungsvoll an. Strider legte seine Stirn an ihre und hauchte:

"Liebe… weil ich dich liebe!"

33. KAPITEL

Noch bevor die Sonne aufging, legte sich Strider auf seinem Schlafplatz nieder. Er hatte mit Ferey noch geplant, was sie tun würden, wenn sie die Herde verlassen hatten. Sie waren beide der Meinung gewesen, dass es wichtig war, dass sie so schnell wie möglich von hier verschwanden, falls Piceny nach Ferey suchte. Danach würden sie sich ein Gebiet suchen, in dem sie sich ein Leben mit ihrer eigenen Herde vorstellen konnten. Bis sie ein solches gefunden hatten, würde Strider Stuten bei anderen Herden anwerben. Im Winter würde ihre Herde schon eine gute Größe erreicht haben. Bis dahin sollten sie auch ein Zuhause gefunden haben, in dem sie leben konnten. Jetzt streckte Strider die Läufe aus, dann kuschelte er sich ins hohe Gras und schloss die Augen.

Heute war es Dalin, die ihn weckte. Sanft zog sie an seinem Schopf, bis der Falbe die Augen aufschlug.

"Guten Morgen!", begrüßte sie ihn freundlich.

Strider nickte ihr dankbar zu, er war froh, nicht von Picenys Hufen geweckt zu werden. Er sah in den Himmel, kleine weiße Wolken zogen vor dem strahlenden Blau vorbei. Wie es schien, würde es ein schöner Tag werden. Rasch stand er auf und schüttelte sich das Gras aus dem Fell. Er blickte sich um auf der Suche nach Piceny.

"Wo ist dein Sohn?", erkundigte er sich bei Dalin nach dem Herdenchef.

Diese nickte Richtung Abhang.

"Er kommt gleich. Ich wollte dich wecken, bevor er dich wach tritt."

Strider schmunzelte. Selbst Dalin war manchmal nicht mit Picenys Verhalten einverstanden.

"Danke, das ist deutlich angenehmer."

Er schlug mit dem Schweif, um eine Fliege zu verscheuchen, da erklang Picenys harte Stimme hinter ihm.

"Schon wach?"

Strider drehte sich um und bemerkte noch, wie Piceny Dalin einen bösen Blick zuwarf. Die hellbraune Stute trat einen Schritt zurück, hielt ihm aber stand. Dann wandte sich der Rappe an Strider und funkelte ihn an.

"Wir müssen reden.", schnaubte er und wandte sich zum Gehen.

Er kontrollierte nicht, ob Strider ihm folgte, der Falbe lief ihm ohnehin nach. Langsam trabten sie den Abhang hinunter und blieben unten stehen. Piceny senkte den Kopf, schnupperte an einem grünen Grasbüschel und begann zu sprechen.

"Wie alt bist du, Strider?"

Der Falbe antwortete zögernd, er wusste, worauf Piceny hinaus wollte.

"Ich werde bald drei Jahre alt."

Der Herdenchef hob den Blick und sah ihn an.

"Dann musst du gehen."

Strider nickte gehorsam, was sollte er schon sagen? Piceny schien verwirrt, dass Strider einfach nachgab.

"Was, keine Widerworte?", fragte er und richtete sich auf.

Der Junghengst schüttelte den Kopf.

"Nein. Ich werde gehen, wenn ich muss."

Piceny, der sich wieder gefasst hatte, musterte ihn streng.

"Du musst heute Abend außerhalb meines Gebiets sein. Bis dahin hast du Zeit, dich von denen zu verabschieden, von denen du es wünscht. Dalin wird dich begleiten."

Als Strider wieder nickte, drehte sich der Rappe um und galoppierte den Hang hinauf. Oben angekommen, blieb er kurz stehen. Dann verschwand er und Dalins Kopf tauchte auf. Strider lief zu ihr und sie fragte:

"Zu wem willst du als Erstes?"

Der Falbe sah sich in der Herde um und lief auf Nila zu, die ein Stück entfernt graste. Dalin folgte ihm in einigem Abstand.

"Hallo Nila.", begrüßte Strider die dunkelbraune Stute.

Sie hob den Kopf und blickte ihn freundlich an.

"Strider, schön dich zu sehen. Hast du noch Fragen zu meinen Söhnen?"

Strider zuckte mit den Ohren und sah sich nach Dalin um. Sie war ein Stück entfernt stehen geblieben und beobachtete sie aufmerksam. Er senkte die Stimme.

"Nein, eigentlich habe ich eine Bitte."

Nila betrachtete ihn fragend.

"Was gibt es?" Strider neigte den Kopf zur Seite.

"Ich muss heute noch gehen, ich werde bald drei Jahre alt. Dann kann ich nicht mehr für Hely und Unaki da sein, deshalb ist es umso wichtiger, dass sie dir vertrauen."

"Aber das tun sie doch. Sie sind meine Fohlen, warum sollten sie mir nicht trauen?"

Strider blinzelte langsam.

"Weil einer der beiden nicht dein Sohn ist. Auch, wenn er das nicht weiß."

Wachsam wartete er auf Nilas Reaktion. Ihre Augen weiteten sich und sie starrte ihn an.

"Woher weißt du davon? Niemand außer mir und Navi…"

Sie verstummte und sah weg. Strider schüttelte den Kopf.

"Hely fühlt sich vernachlässigt, weil du Unaki bevorzugst. Und das, obwohl er nicht dein eigener Sohn ist. Hely hat es mir erzählt, er meinte, er war damals alt genug, um sich daran zu erinnern."

Nila ließ den Kopf sinken.

"Es tut mir so leid. Ich wusste nicht, dass es ihm so viel ausmacht. Ich dachte, Unaki hätte vermutet, dass er nicht mein Fohlen ist, weil ich mehr mit Hely unternommen habe. Also begann ich, ihn in den Vordergrund zu stellen, zumindest so lange, bis er sich wieder geliebt fühlt. Anscheinend lag ich falsch. Es war Hely, der wusste, dass die beiden keine Zwillinge sind."

Sie sah schüchtern zu ihm auf. Er zuckte mit den Ohren und erwiderte ihren Blick.

"Ja, er ist es. Unaki hat keine Ahnung davon."

Streng fügte er hinzu:

"Entweder, das bleibt so und du kümmerst dich wieder um beide, oder, du erklärst Hely und Unaki, was Sache ist und wartest einfach, wie sie reagieren. Deine Entscheidung. Nur…"

Strider zog sachte an ihrer Mähne und Nila hob den Kopf.

"Tu das, was für die beiden das Beste ist. Bitte, rede mit ihnen!"

Er berührte sie sanft mit den Nüstern am Hals, dann wandte er sich ab und lief zu Dalin.

"Wir können weiter."

Sie nickte und er trabte los in Alics Richtung. Der Junghengst schritt am Rand der Herde auf und ab und sah über die Wiesen zu seinen Hufen. Strider trat näher, sah sich nach Dalin um, und merkte, dass sie wieder stehen geblieben war.

Hat Piceny ihr das gesagt, oder macht sie das mir zuliebe?, fragte er sich.

Dann drehte er sich zu Alic um und stupste seinen Freund an. Der Apfelschimmel erschrak und zuckte zusammen.

"Schon gut, ich bin es nur.", beruhigte Strider ihn und Alic atmete auf.

"Was machst du hier?"

Er musterte den Falben neugierig.

"Hat Piceny etwas zu dir gesagt, als du aufgewacht bist?"

Als Strider nichts sagte, fügte er hinzu:

"Wegen dem Teich?"

Der helle Junghengst schüttelte abwesend den Kopf.

"Nein."

Alic schnaubte.

"Wirklich nicht? Er schien echt sauer deswegen!"

Strider dachte nach. Was meinte Alic? Er konnte nicht klar denken, seine Gedanken waren vernebelt und er bekam sie nicht zu fassen.

Was ist nur los mit mir?, grübelte er. *Was soll das?*

Er sah sich um. War jemand in seiner Nähe, der ihn so verwirrte? Doch er fand nichts. Da war niemand, außer Alic.

Moment, wo ist Alic?, schoss es ihm durch den Kopf.

Der Apfelschimmel war verschwunden. Er hatte doch gerade noch vor Strider gestanden, wo war er jetzt hin?

Verdammt, was ist hier los?, ärgerte er sich.

Doch im nächsten Augenblick verschwand der Nebel um seine Gedanken und er zuckte zusammen.

Der Teich!, blitzte es in seinen Gedanken auf.

Er wieherte laut, als er plötzlich Panik bekam. Etwas stimmte hier ganz und gar nicht! Wo waren Alic und die anderen Pferde? Strider stand alleine auf dem Hügel, Furcht kroch in ihm hoch.

Nein, nein, nein! Das kann nicht sein!, dachte er verzweifelt und streckte die Nüstern in die Luft.

Auch keine Geruchsspur deutete darauf hin, dass die anderen Pferde in der Nähe waren. Dafür vernahm er einen anderen Geruch.

Olary!, erkannte er und blickte sich um.

Gleich darauf jedoch, verwehte der Wind Olarys Geruch und Strider packte die Angst. Was tat er hier? Und wo waren die anderen Pferde?

34. KAPITEL

Somuran trabte auf Strider zu, den Blick fest auf seinen Sohn gerichtet.

Wie groß er doch geworden ist!, bemerkte er bewundernd. Strider war zu einem stattlichen Junghengst herangewachsen mit glänzendem Fell und langer, wallender Mähne. Ein schmerzhafter Stich in der Brust ergriff Somuran, als er an das kleine Fohlen dachte, mit dem er herumgetollt war. Damals war seine einzige Sorge gewesen, dass Peres' Kelpie-Familie seinen Sohn finden und verurteilen könnte.

Als dann aber alles anders gekommen war und sie ihr Zuhause verlassen mussten, hatte er nicht mehr viel an diese Wesen gedacht. Seine Sorge war gewesen, seine Herde zu schützen, aber das war ihm nicht gelungen. Zu viele Pferde waren gestorben und letztendlich hatte er Strider verloren. Der Junghengst war ein Fohlen gewesen, als er über Nacht verschwunden war. Als wäre er der Grund des Terrors gewesen, hatten die vermehrten Todesfälle aufgehört und die Herde hatte sich wieder entspannt.

Im Frühling darauf war alles bereits wieder beim Alten gewesen, Fohlen waren geboren worden, Junghengste hatten die Herde verlassen. Sie hatten einen Platz gefunden, an dem sie bleiben und leben konnten, wie bisher. Trotzdem war etwas anders. Noch nie hatte eine Herde in so kurzer Zeit so viele Mitglieder verloren. Somuran hatte nie verstanden, was der Grund für die vielen Tode war, aber es war ungewöhnlich. Im folgenden Herbst, hatte es sehr viel geregnet, viel zu viel. Somuran und seine neue Leitstute, Wyji, hatten alles versucht, um ihrer Herde zu helfen. Aber der Regen hielt Wochen an und zuletzt war ihr gesamtes Gebiet überschwemmt gewesen. Sie wollten erneut weiterziehen, aber die anderen Pferde hatten sich geweigert. Sie meinten, sie hätten bereits zu viel Zeit verschwendet, dieses Zuhause zu finden, das wollten sie nicht noch einmal durchmachen müssen. Somuran und Wyji hatten ihr Möglichstes getan, um sie umzustimmen, aber die meisten blieben stur. Nur einige wenige hatten zugestimmt, dass es besser war, ihre Heimat erneut zu verlassen. Also waren etwa ein Drittel der Herde mit Somuran und Wyji gegangen, der Rest blieb unter Bezulis Obhut. Somuran hatte seit diesem Tag keinen seiner Familie je wieder gesehen. Denn bereits nach wenigen Stunden waren sie an einen Fluss gekommen, der wegen des Regens über die Ufer getreten war. Wyji hatte ihn als Erste überquert und den anderen auf die gegenüberliegende Seite geholfen. Somuran war geblieben, um auf die jüngeren Pferde aufzupassen. Schließlich waren sie an der Reihe gewesen und durch den Fluss geschwommen. Somuran, der als Letzter übrig gewesen war, sprang zusammen mit seinem jüngsten Fohlen in die Fluten. Plötzlich hatte er ein Dröhnen vernommen, lauter als alles, was er je gehört hatte. Eine riesige Flutwelle war auf ihn und seine Tochter zugerollt. Um die kleine Stute zu schützen, war er untergetaucht und hatte sie aus dem Wasser ans Ufer geworfen, wo sie von ihrer Mutter empfangen worden war. Er selbst hatte sich bemüht, den Streifen schlammigen Boden zu erreichen, auf dem die anderen gewartet hatten. Aber als das Dröhnen seine Ohren erfüllte, hatte er bemerkt, dass es zu spät war. Die Flutwelle hatte ihn gepackt und unter Wasser gedrückt. Er hatte gekämpft, versucht, wieder an die Oberfläche zu gelangen, hatte es aber nicht geschafft. Seine Lungen hatten nach Luft geschrien, ähnlich wie seine Gedanken aus Verzweiflung. Als alles um ihn dunkel geworden war, wurde ihm bewusst, dass er am Ende seines Lebens angekommen war. Er hatte seine Augen geschlossen und sich der Macht des Wassers hingegeben. Ein letztes Mal zu Lebzeiten hatte er sich die Gesichter seiner geliebten Herde vorgestellt, ohne die Angst, jemanden zu verlieren, in ihren Augen. Was sie wohl gedacht hatten, als ihn das Wasser verschluckt hatte?

Später hatte er die Augen aufgeschlagen und sich an Land wiedergefunden. Neben ihm am Rand des Flusses hatte sein Körper gelegen, klatschnass und reglos. Er hatte verstanden, dass er nun nicht mehr unter den Lebenden wandelte und war gegangen. Hatte seinen Körper verlassen, halb im Fluss liegend mit dem Bauch im Wasser. Leichtfüßig wie ein Geist war er über die Wiesen galoppiert, auf der Suche nach seiner Herde. Er hatte sie gefunden, trauernd hatten sie in den Fluss gestarrt. Am liebsten hätte er sie getröstet, doch er hatte gewusst, dass ihm das nicht möglich war. Er war bei ihnen geblieben, bis es ihn weiterzog. Schweren Herzens hatte er sie zurückgelassen, in der Hoffnung, ihr Leben würde ohne ihn genauso gut weitergehen. Auf dem Weg in sein früheres Zuhause hatte er viel nachgedacht und beschlossen, einfach umherzuziehen, seine Familie zu suchen, alle, die je dazugehört hatten. Bezuli hatte die Herde nach dem Regen wieder aufgebaut, ein fremder Junghengst war der neue Leithengst geworden. Sie schienen glücklich zu sein, dennoch hatte ein Schatten über ihnen gelegen.

Sie hatten einen Teil ihrer Familie verloren, wussten nicht, wo sie waren und ob es ihnen gut ging. Auch bei ihnen blieb Somuran eine Weile, dann war er weitergezogen. Mittlerweile hatte er sich an ein Dasein als Geist gewöhnt und genoss es sogar. Er suchte andere Herden auf, seine Söhne, welche die Herde vor langer Zeit verlassen hatten. Sie hatten selbst schon eigene Herden gegründet, waren zufrieden und unbeschwert. Im Winter war Somuran nie kalt gewesen, einer der Vorteile, wenn man ein Geist war. Außerdem verspürte er weder Hunger, noch Durst. Er konnte essen und trinken, wenn er das wollte, aber meist tat er es nicht. Bald hatte er alle Pferde seiner Familie bereits aufgesucht und eine kurze Zeit bei ihnen verweilt. Schließlich hatte er entschieden, Strider zu suchen, bei ihm war er noch nicht gewesen.

Zu Lebzeiten hatte Somuran nicht gewusst, ob Strider überhaupt noch lebte, doch nach seinem Tod war er sich sicher gewesen, dass der Falbe beabsichtigt hatte, die Herde zu verlassen. Also suchte er nach seinem Sohn und fand ihn bei einer anderen Herde. Eine Weile hatte er ihn einfach beobachtet, dann war ihm aufgefallen, dass er nicht der einzige Geist in der Nähe seines Fohlens war. Ein Rappe besuchte Strider oft nachts und sprach mit ihm. Das hatte Somuran zum Nachdenken angeregt, ob es ihm möglich war, das auch zu tun. Könnte er mit Strider Kontakt aufnehmen? Er versuchte es mehrmals, aber es gelang ihm nicht. Also fragte er den Rappen um Rat, der ihm vorschlug, Strider zu besuchen, wenn er schlief. Doch Somuran schaffte es nicht, mit seinem Sohn zu sprechen. Einmal aber, hatte er es mit der Hilfe des Rappen geschafft, Strider zu berühren. Er hatte Strider die Nüstern an die

Stirn gelegt und den vertrauten Geruch seines Sohnes eingeatmet. Aber dann hatte Strider aufgeschrien, als hätte Somuran ihn verletzt. Der Rappe hatte Somuran weggebracht und ihm geraten, Strider eine Weile nicht zu kontaktieren. Doch er hatte nie aufgegeben. Er hatte öfter einen Versuch gestartet, mit Strider zu sprechen, aber meistens war er gescheitert. Seine Gegenwart verursachte Strider Schmerzen oder raubte ihm das Bewusstsein.

So wie gestern am Teich.

Somuran hatte versucht, zu seinem Sohn durchzudringen, um ihn gegen den fiesen Leithengst zu unterstützen, aber Strider war ohnmächtig geworden und erst eine Weile später wieder aufgewacht. Der Chef dieser Herde, ebenfalls ein Rappe, hatte ihn zu seinem Schlafplatz geleitet, aber Strider war nicht schlafen gegangen. Er hatte sich zu seiner Freundin geschlichen, der grauen Falbstute, die er sehr gern hatte. Somuran hatte ihn aus der Ferne beobachtet, er wollte ihn nicht erneut verletzen.

Vor einer Weile war die Sonne aufgegangen und Strider hatte begonnen, von Pferd zu Pferd zu laufen, um sich zu verabschieden. Somuran war eingefallen, dass Strider diesen Frühling drei Jahre alt werden würde und die Herde wohl verlassen musste. Jetzt wollte er seinen Sohn warnen, denn im Gegensatz zu dem Junghengst, hatte er gehört, was der Herdenchef und dessen Leitstute besprochen hatten. Die hellbraune Stute wirkte auf Somuran nicht bedrohlich, aber der Leithengst strahlte eine Boshaftigkeit aus, dass ihm kalt wurde. Er versuchte, Kontakt zu Strider aufzubauen und war froh, als er es schaffte, ohne ihn besinnungslos zu machen. Einen Augenblick später bekam er es hin, in die Gedanken seines Sohnes einzudringen. Er konnte nun mit ihm auf die Art und Weise sprechen, wie es der Rappe immer tat. Leider gab es auch Nachteile.

Alle anderen Pferde verschwanden für kurze Zeit aus Striders Blick, als würden sie für einige Minuten nicht existieren. Somuran merkte, wie der Rappe ihm folgte, aber gleich darauf zog er sich wieder zurück. Nun war Somuran mit Strider verbunden, konnte mit ihm reden. Aber wie der Zufall es wollte, fiel ihm nichts Besseres ein, als zu schnauben und leise zu wiehern:

"Strider! Es tut gut, dich zu sehen."

35. KAPITEL

Strider zuckte zusammen.

Was war das? Wer war das!?, war das einzige, das ihm einfiel.

Er sah sich noch einmal um und erblickte ein Pferd, ein Stück entfernt. Olary war es nicht, denn es hatte helles Fell. Als es näher kam, fuhr die Stimme fort:

"Du bist ziemlich gewachsen, seit ich dich das letzte Mal gesehen habe."

Strider legte die Ohren an, er wusste, dass es dieses Pferd war, das da sprach, aber er erkannte weder die Stimme, noch die Erscheinung des Fremden. Schließlich war der Hengst bei ihm angelangt, blieb ein paar Schritte vor ihm stehen und sah ihn an.

"Erkennst du mich? Es ist lange her…"

Er ließ seine Stimme verklingen und Striders Gedanken rasten.

Was meint er? Woher soll ich ihn kennen?

Doch einen Augenblick später erinnerte er sich. Langsam fiel ihm ein, wer dieser Fremde war.

"Somuran?", krächzte er und sein Hals schmerzte.

Die Augen des Hengstes leuchteten erfreut auf.

"Ja! Ich bin es! Strider, ich bin so froh, dass es dir gut geht!"

Er strahlte Strider glücklich an. Der Junghengst spürte, wie sich ein Kloß in seinem Hals breit machte und er konnte nicht sprechen. Wortlos trat er an Somuran heran und senkte den Kopf. Wie gut es tat, seinen Vater wiederzusehen!

"Ich habe dich vermisst!", wollte er sagen, aber er brachte keinen Ton heraus.

Somuran legte ihm den Hals über den Rücken und Strider fühlte sich wie ein kleines Fohlen. Er schmiegte sich an ihn und aller Kummer und Schmerz war vergessen, als er die Augen schloss und den Geruch seines Vaters in sich aufsog.

36. KAPITEL

"Wie kommst du hierher?", fragte Strider, nachdem er sich von Somuran gelöst hatte.

Der Blick des älteren Hengstes verdunkelte sich und er schnaubte tonlos:

"Ich bin tot."

Strider erschrak.

Tot?, wunderte er sich.

Aber Somuran sprach weiter.

"Dein Freund, der Rappe..."

"Piceny ist nicht mein Freund!", unterbrach ihn Strider aufgebracht.

Was fiel seinem Vater ein, den Leithengst dieser Herde als Striders Freund zu beschreiben?

Er schnaubte entrüstet, doch Somuran sah ihn besänftigend an.

"Nicht er, der andere. Der, der eine geteilte Blesse hat und dich manchmal in Träumen besucht."

Strider entspannte sich und nickte. Somuran fuhr fort:

"Er ist auch tot, denke ich. Er schwebt als Geist um dich herum und beobachtet dich, so wie ich es auch schon gemacht habe. Er kann Kontakt zu dir aufnehmen, wann er will, deshalb wollte ich das auch versuchen."

Strider war überrascht.

"Ich sehe dich heute zum ersten Mal. Also in meinen Träumen."

Sein Vater nickte.

"Ich weiß, davor hat es auch nicht wirklich geklappt. Du hattest immer Schmerzen, wenn ich versuchte, mit dir zu reden. Oder du wurdest ohnmächtig. Heute ist das erste Mal, dass es mir gelingt, ohne dir wehzutun."

Er verstummte und Strider überlegte. Damals, als ihm Olarys Berührung so unangenehm war, war das Somuran gewesen? Und gestern am Teich, daran war ebenfalls er schuld? Als hätte er seine Gedanken gelesen, nickte Somuran.

"Das war alles ich. Ich wollte nicht, dass du leiden musst, ich wusste aber nicht, wie ich es vermeiden sollte. Heute weiß ich immer noch nicht, was ich falsch gemacht habe."

Er senkte den Kopf und murmelte:

"Es tut mir leid."

Strider stupste seinen Vater an.

"Ist schon in Ordnung, jetzt geht es mir gut. Aber ich muss die Herde bis heute Abend verlassen haben und ich will mich noch von ein paar Freunden verabschieden. Darum..."

Er hielt inne und Somuran nickte.

"Alles klar, ich lass dich dann mal alleine."

Er drehte sich um und trabte davon. Kaum war helle Falbe aus Striders Blickfeld verschwunden, tauchten langsam die Umrisse der anderen Pferde wieder auf. Alics Gestalt erschien vor Strider, einen fragenden Ausdruck im Gesicht.

"Also? Was ist los?", erkundigte sich der Apfelschimmel.

Strider schüttelte seine Mähne aus und erklärte:

"Tut mir leid, ich war in Gedanken woanders."

Alic schmunzelte.

"Hab ich gemerkt."

"Tut mir leid, was wolltest du?", fragte Strider.

Alic sah ihn fest an.

"Du musst gehen, stimmt's?"

Der Falbe nickte.

"Bis heute Abend soll ich außerhalb von Picenys Gebiet sein. Ich darf mich noch verabschieden, dann gehe ich."

Alic blinzelte langsam und murmelte:

"Dann bin ich auch bald dran."

Er trat näher an Strider heran und legte ihm den Hals über den Rücken.

"Mach's gut mein Freund."

Strider schloss die Augen und beknabberte die Flanke des Apfelschimmels.

Nach einer Weile lösten sie sich voneinander und Strider sah sich nach Dalin um. Sie stand bei Zadin und unterhielt sich mit ihr. Als sie merkte, dass Strider und Alic fertig waren, beendete sie ihr Gespräch mit der dunklen Stute und kam zu Strider getrabt. Dieser nickte seinem Freund noch einmal zu und trabte dann mit Dalin weiter. Er freute sich, dass Piceny ihm erlaubt hatte, sich zu verabschieden, dennoch wusste er, dass es ihm nicht gestattet sein würde, mit Ferey zu reden.

Gut, dass ich ihr nachts bereits alles erklärt habe, dachte er und trabte durch die Herde.

37. KAPITEL

Es war später Nachmittag, als Strider schließlich aufbrach. Den Rest der Zeit, die ihm geblieben war, hatte er damit verbracht, mit Hely und Unaki zu spielen und war froh, dass sich die beiden wieder vertragen hatten. Beide waren traurig, dass Strider gehen musste, aber sie akzeptierten es. Mit Dalin hatte der Junghengst ebenfalls noch einmal gesprochen, sie hatte ihm viel Glück für seine Zukunft gewünscht und ihm Ratschläge mitgegeben. Jetzt trabte er den Hügel hinunter und dachte an Ferey. Würde sie wie vereinbart kommen? Was, wenn Piceny sie erwischte?

Ehe er sich weiter in dunkle Gedanken verstricken konnte, schüttelte er den Kopf und beschleunigte sein Tempo. Er begann zu galoppieren und preschte über den sanft abfallenden Hang. Er wurde erst wieder langsamer, als er ein Stück entfernt Picenys Gestalt entdeckte. Erschrocken sah er zum Horizont, die Sonne ging noch nicht unter, er hatte noch.

Was macht er hier?, fragte sich Strider und lief auf den Leithengst zu.

Dieser musterte ihn streng, als der Falbe anhielt.

"Fertig?", murrte er und schlug mit dem Schweif. Strider nickte und beschloss, freundlich zu sein.

"Danke, dass ich mich verabschieden durfte, das war sehr großzügig."

Er neigte den Kopf und schmunzelte in sich hinein.

Nein, du kannst mich nicht wütend vertreiben, wenn ich dir nichts getan habe, dachte er selbstzufrieden.

Piceny nickte nur knapp und wandte sich ab.

"Versuch nicht, bei mir eine Stute für deine Herde zu bekommen. Du würdest ohnehin nicht gewinnen, also kannst du es auch lassen."

Damit war das Gespräch beendet und der Rappe lief zurück zur Herde. Strider sah noch einmal den Hügel hinauf und entdeckte plötzlich einen hellen Kopf, der über die Kuppe lugte.

Alic?, überlegte Strider und spitzte die Ohren.

Was wollte sein Freund? Aber einen Moment später verschwand Alic und Strider drehte sich um. Da fiel ihm ein, dass er etwas vergessen hatte. Er hatte Alic nicht wegen der Nacht mit Ferey angesprochen! Sich selbst verfluchend trabte Strider an und suchte sich einen Schlafplatz. Vielleicht würde er Alic am nächsten Tag ja noch einmal treffen. Schließlich war der Apfelschimmel immer noch zu den Wachen eingeteilt. Jetzt musste sich Strider aber erst ausruhen, deshalb ließ er sich neben einem kleinen Dornenbusch nieder und schloss die Augen. Es war noch nicht dunkel, aber er würde reichlich Schlaf brauchen, denn morgen hatte er eine weite Reise vor sich. Gemeinsam mit Ferey würde er sich ein Zuhause suchen.

38. KAPITEL

Strider wachte auf, als die Sonne gerade am Aufgehen war. Er sah sich um, verwirrt suchte er den vertrauten Geruch der Pferde um sich. Doch er war alleine, umgeben von verdorrtem, hartem Gras. Erst langsam erinnerte er sich und schloss die Augen wieder.

Sie sind alle weg. Ich bin weg. Ich wurde verstoßen.

Er dachte an Ferey und plötzlich fiel ihm ein, was er ihr gesagt hatte, bevor er gehen musste.

"Wenn ich einmal ohne Vorwarnung gehen muss, triff mich am Mittag des folgenden Tages bei dem großen Felsen nördlich von der Herde. Ich werde da sein und auf dich warten."

"Du wirst warten?", hatte die Stute gefragt. "Ich werde immer auf dich warten. Immer.", hatte er geantwortet und ihr liebevoll den Mähnenkamm gekrault.

Immer, egal was passiert, rief sich Strider nun ins Gedächtnis.

Er öffnete die Augen wieder und sah zum Horizont, wo die Sonne langsam höher stieg. Er befand sich auf der Südseite der Herde, was bedeutete, er musste das ganze Gebiet einmal zur Hälfte umrunden, um zum Treffpunkt zu kommen. Ohne nachzudenken, stand er auf und trabte los in Richtung Westen, immer darauf bedacht, die Grenze nicht zu übertreten. Er hatte nicht viel Zeit, das Gebiet der Nachtherde war groß und Mittag war nicht weit. Zwar war die Sonne gerade erst aufgegangen, aber er wollte unbedingt pünktlich dort sein, um Ferey nicht zu verpassen. Also begann er nach einer Weile zu galoppieren und preschte über die verdorrten Grasflächen dahin. Für einen Moment war er so glücklich, wie er sich als Fohlen gefühlt hatte. In Erinnerung schwelgend merkte er kaum, dass er der Grenze bedrohlich nahe gekommen war. Ein warnendes Wiehern riss ihn aus seinen Gedanken. Er bremste abrupt ab und blieb nur einige hufbreit vor Alic stehen, der die Grenze bewachte. Der Junghengst sah ihn mit großen Augen an.

"Was machst du hier? Solltest du nicht schon längst weg sein?"

Strider begrüßte seinen Freund leicht sarkastisch.

"Ich freu mich auch, dich zu sehen."

Alics Miene wurde sofort schuldbewusst.

"Tut mir leid, ich bin nur überrascht."

Strider sah ihn versöhnlich an. "Schon gut. Ich bin auch gleich wieder weg, ich muss weiter zur Nordseite."

Nun wurde der Apfelschimmel neugierig.

"Was machst du da? Triffst du da wen? Willst du… Oh nein, willst du Freunde treffen, um die Herde zu übernehmen? Oder…"

Schockiert über die Ideen des Junghengstes unterbrach Strider ihn rasch.

"Nein! Ich will die Herde nicht übernehmen! Dazu hätte ich schon lange Gelegenheit gehabt. Mal ehrlich, hätte ich es wirklich gewollt, hätte ich Piceny besiegen können. Aber sag es ihm nicht, das könnte sein Ego verletzen!"

Seine letzten Worte waren leicht abfällig und Alic legte die Ohren an.

"Er ist immer noch mein Bruder!"

Strider sah ihn entschuldigend an.

"Tut mir leid, hatte ich vergessen. Bitte sag es ihm nicht."

Sein Freund nickte zustimmend und sagte in neckischem Ton:

"Eigentlich weißt du doch auch selbst, dass das nicht stimmt! Aber du bist mein Freund und deshalb werde ich dich nicht verraten."

Strider wollte etwas erwidern, aber der Apfelschimmel fuhr rasch fort:

"Trotzdem solltest du jetzt besser gehen. Tores kommt bald, um mich abzulösen und er soll dich doch nicht sehen, oder?"

Bei dem Gedanken an den schrecklich schleimerischen Junghengst verzog Strider das Maul. Trotzdem konnte er noch nicht gehen.

"Warum warst du bei Ferey?", fragte er geradeheraus.

Alic zuckte leicht zusammen und Strider musterte ihn streng. Sein Freund sah weg und murmelte:

"Ich weiß, dass ihr euch schon lange nachts trefft. Dann hat Hely bei dir geschlafen und ich dachte, ich leiste Ferey etwas Gesellschaft."

Strider schaute ungläubig.

"Was, wenn Piceny euch erwischt hätte? Hättest du dann erzählt, dass ich sie auch immer getroffen habe?"

Alics Blick traf auf den von Strider und seine Augen funkelten.

"Niemals! Piceny hat euch auch nie entdeckt, wieso also mich und Ferey? Wir haben schon aufgepasst, mach dir keine Sorgen!", besänftigte er Strider, aber der Falbe schnaubte nur.

"Ich mache mir keine Sorgen, ich bin wütend auf dich! Ferey ist meine Freundin und sie hält es schon aus, wenn sie mich eine Nacht nicht sieht. Versuchst du, dich zwischen sie und mich zu drängen? Denkst du, wenn ich weg bin, hast du eine Chance? Vergiss es! Ferey kommt mit mir, ob du es willst oder nicht!"

Damit drehte er sich um und galoppierte davon, wohl-
wissend, dass er den Apfelschimmel zum letzten Mal gesehen hatte. Er eilte schnell weiter und spürte Alics Blick
noch lange im Rücken.

39. KAPITEL

Als Strider endlich am Felsen ankam, war es kurz vor Dämmerung. Keuchend, aber zufrieden ließ er sich in dem spärlichen Schatten des nächsten Baumes nieder und hielt den großen Stein fest im Blick. Als die Sonne bereits untergegangen war, wurde ihm bewusst, dass er noch nichts gegessen hatte. Es würde schwer werden, Futter zu finden, wenn es erst so richtig dunkel wurde. Seufzend stand Strider auf, trottete zum Felsen und sah dahinter nach, ob Ferey in Sicht war.

Sie kommt nicht. Sie liebt dich nicht mehr!, rief eine Stimme in seinem Hinterkopf aber er wollte nicht darauf hören.

Er lief zurück zum Baum und hinein in den lichten Wald. Die Hitze des Tages schien zwischen den Bäumen gefangen zu sein, sodass es warm war, selbst nachts. Irgendwo hier würde er ordentliches Gras finden müssen, sonst konnte er heute nichts fressen. Das letzte Mal, als er gehungert hatte, war in Bewusstlosigkeit geendet. Das wollte er auf keinen Fall noch einmal erleben. Als er endlich Gras fand, das nicht ganz so braun war, fraß es schnell auf. Danach suchte er weiter.

Mit fast leerem Magen kehrte er schließlich zum Baum zurück, der am nächsten beim Felsen stand, lehnte sich dagegen und begann zu dösen. Nach einer Weile schlief er ein und ohne, dass es zu merken, knickten seine Beine ein und er sank zu Boden.

40. KAPITEL

Die nächsten drei Tage verbrachte Strider damit, Fressen zu suchen und ab und zu nachzusehen, ob Ferey gekommen war. Alle paar Minuten rannte er zum Felsen und suchte nach Anzeichen von ihr, bevor er sich wieder der Futtersuche widmete.

So bleibe ich wenigstens fit, dachte er bitter bei sich, als er wieder einmal erfolglos zu seinem Schlafplatz zurückkehrte.

Einigermaßen genießbares Gras fand er nur selten und er fühlte den Hunger schon stärker werden. Er musste wieder zu einer Herde, um wieder gutes Gras zu bekommen. Nur war das als dreijähriger Hengst ziemlich schwierig.

Du könntest auch zurückgehen und Piceny fragen, ob du noch einmal bei ihnen bleiben kannst, meinte eine zaghafte Stimme in seinem Kopf, als er sich gerade hingelegt hatte. *Dann würdest du auch Ferey wieder sehen!*

Doch Strider blieb standhaft.

Wenn Ferey mich noch liebt, kommt sie bald und lässt mich nicht noch länger hungern. Sie weiß, was das letzte Mal passiert ist, widersprach er sich selbst und fühlte sich dabei mit einem Mal sehr einsam.

Wenn er begann, mit sich selbst zu reden, lief etwas gewaltig schief. So weit war es nicht einmal gekommen, als er ganze neun Monate alleine gewesen war.

"Ich werde schon verrückt!", sagte er nun laut.

"Das denke ich nicht.", ertönte plötzlich ein sanftes Schnauben von hinten.

Er zuckte zusammen, als er realisierte, dass das Fereys Stimme war. Langsam wandte er den Kopf um und sah sie hinter sich stehen, den Kopf leicht gesenkt, um auf seiner

Augenhöhe zu sein. Bevor er etwas erwidern konnte, trat sie neben ihn und ließ sich nieder.

"Ich weiß, du bist vermutlich sauer auf mich, sehr sauer, was ich verstehen kann. Immerhin habe ich dich vier Tage warten lassen. Aber ich wollte nur sagen, dass ich eine gute Erklärung dafür habe. Ich habe nämlich…"

Sie brach abrupt ab, als Strider plötzlich die Nüstern vorstreckte und in ihrer Mähne vergrub. Verwirrt drehte sie den Kopf, begann dann aber, ihn sanft am Mähnenkamm zu kraulen. Striders Stimme war gedämpft durch Fereys Mähne, als er sprach.

"Es stimmt, ich war sauer auf dich, bis vor ein paar Sekunden zumindest. Jetzt bin ich einfach nur froh, dass du hier bist. Das heißt, wir werden morgen endlich weiterziehen können."

"Ja… was das betrifft…", begann Ferey und der Kopf des Hengstes schoss in die Höhe.

"Ich bin nicht alleine…", fuhr die Falbstute fort und senkte den Blick.

Gras raschelte und Strider sah sich um. Hinter dem Felsen ein paar Sprünge entfernt trat ein Pferd hervor. Strider konnte die Fellfarbe in der Dunkelheit nur schwer erkennen, doch als es näher kam, erschrak er umso mehr.

"Alic!"

Der Apfelschimmel kam langsam näher und blieb ein paar Schritte entfernt stehen. Strider drehte sich zu Ferey um und fragte sie barsch:

"Was soll das? Was macht er hier? Hast du ihn gebeten, mitzukommen?"

Als sie nicht reagierte, schnaubte er ihr direkt ins Gesicht.

"Ferey! Was soll das?"

Endlich hob sie den Blick und flüsterte schüchtern:
"Sei bitte nicht böse, aber er wollte mich begleiten."

Strider schnaubte frustriert, stand auf und wandte den Blick Alic zu. Ferey erhob sich ebenfalls und fuhr verzweifelt fort.

"Ohne ihn wäre ich jetzt nicht hier Strider! Er sagte, er habe dich an der Grenze getroffen, als du auf dem Weg hierher warst und da fiel mir wieder ein, dass wir uns hier verabredet hatten. Ich hatte vergessen…"

Der Kopf des Falben drehte sich ruckartig zu ihr herum.

"Was hast du? Wie kannst du mich vergessen haben? Wir waren jede Nacht beisammen. Habe ich dir nicht einmal gefehlt?"

Die Stute öffnete das Maul, um zu antworten, aber Strider redete einfach weiter.

"Natürlich habe ich dir nicht gefehlt. Sonst wärst du schneller gekommen. Offensichtlich bedeute ich dir nicht so viel, wie du mir."

Ein trauriger Schatten legte sich über Fereys sonst so strahlende Augen. Strider holte tief Luft, wandte den Kopf in die Ferne und schloss mit einem einzigen Satz ab.

"Vielleicht ist es besser, wenn ich alleine weiterziehe."

Er setzte an, davon zu stürmen, aber Alic trat vor und hielt ihn davon ab.

"Was…"

Strider wollte sich vorbeidrängen, doch der Apfelschimmel deutete nur mit dem Kopf hinter den Hengst. Strider drehte sich um und sah Ferey mit hängenden Ohren und gesenktem Kopf dastehen. Als ihm bewusst wurde, was er gerade getan hatte, senkte er den Kopf auf ihre Augenhöhe. Ferey sah ihn nicht an, murmelte aber:

"Bitte glaub mir doch, du bedeutest mir viel mehr, als irgendjemand anderes. Ich wollte ja kommen, aber ich konnte nicht. Piceny hat Wachen rund um die Herde aufgestellt, um dafür zu sorgen, dass niemand sie verlässt. Ich habe jeden Tag an dich gedacht! Ich konnte aber erst weg, als Alic für die Nordwache eingeteilt war. Alle anderen hätten mich sofort gemeldet. Dann hätten wir uns nie wieder gesehen. Alic und du seid Freunde und ich wusste, dass er mir helfen würde. Also habe ich ihn gefragt und er hat gesagt, er würde mir helfen, wenn er mitkommen dürfte. Und da ich die Chance unbedingt nutzen wollte, habe ich zugestimmt. Es tut mir so leid. Ich verstehe es, wenn du denkst, dass du alleine besser dran bist..."

Fereys Stimme versagte.

Strider wollte etwas erwidern, aber Alic unterbrach ihn, indem er ihm mit den Nüstern gegen die Rippen stieß und ihm bedeutete, mit ihm zu kommen. Der Falbe hob den Kopf und ging hinter dem Junghengst ein Stück weg. Als sie außer Hörweite von Ferey stehen geblieben waren, begann Alic zu reden.

"Hör zu, ich dachte, ich helfe euch, wenn ich euch begleite, ein weiterer Beschützer und so... Aber das war falsch. Wenn du Fereys Liebe anzweifelst, wenn ich bei euch bin, dann sollte ich nicht bleiben. Ich will euch nicht im Wege stehen, wenn ihr gehen wollt, also kehre ich zur Herde zurück und versuche, Piceny eine gute Geschichte zu erzählen, warum Ferey nicht da ist. Ich sorge dafür, dass er euch nicht hinterherläuft und dich umbringen will. Er will Ferey nur für sich haben, was du bestimmt schon gemerkt hast. Er ist verrückt nach ihr. Kann ich aber irgendwie verstehen. Sie ist eine tolle Stute und, wenn ich ehrlich bin, kann es sein, dass ich auch mehr als nur Freundschaft für sie empfinde. Aber sie hat dich gewählt und das akzeptiere ich. Ich wünsche euch, dass ihr findet, wonach ihr sucht und dass eure Familie wächst, wenn ihr es wollt. Auf Wiedersehen, mein Freund."

Strider war überwältigt, von der Hingebung des Junghengstes und zutiefst gerührt von seiner Freundschaft und Treue. Er streckte langsam die Nüstern vor und begann, Alics Schulterfell zu kraulen. Der Junghengst erwiderte seine Geste und trat dann zurück. Mit feierlichem Blick stieg er auf die Hinterbeine und wieherte leise. Strider bäumte sich ebenfalls auf und legte seine Beine an die des Apfelschimmels. Dann ließen sie sich wieder auf alle Viere fallen und Alic drehte sich um. Er warf Strider noch einen letzten Blick über die Schulter zu und galoppierte dann davon. Der Falbe sah ihm noch eine Weile nach, dann drehte auch er sich um und ging zurück zu Ferey. Die Stute hatte sich hingelegt, als Strider bei ihr ankam. Er senkte den Kopf und lauschte auf ihren Atem. Er war langsam und Strider merkte, dass sie eingeschlafen war. Er legte sich neben sie und schloss ebenfalls die Augen.

41. KAPITEL

Als Strider am nächsten Morgen aufwachte, war Ferey nicht da. Erst dachte er, das alles wäre nur ein Traum gewesen, aber dann nahm er ihren Geruch auf und wusste, dass es wirklich passiert war. Wie es schien, war sie bereits wach und auf Futtersuche. Also stand Strider ebenfalls auf und lief in das kleine Wäldchen hinein. Schon nach wenigen Schritten wurde Fereys Duft stärker. Strider folgte ihm und fand die Stute unter einem Baum, unter dem er selbst vor ein paar Tagen gefressen hatte. Damals hatte er mit Absicht etwas Gras übrig gelassen, um zu einem späteren Zeitpunkt auch noch etwas zu haben. Ferey zupfte sorgsam die älteren Halme heraus und blickte nicht auf, als er zu ihr trat. Ihre Ohren zuckten, aber ihr Kopf blieb gesenkt. Strider beugte den Hals nach unten und fragte frech:

"Lässt du mir auch noch etwas übrig, oder muss ich weiter hungern?"

Mit einem Mal schoss ihr Kopf in die Höhe und sie wieherte entsetzt:

"Bitte? Du hungerst schon wieder? Du weißt doch, dass dir das nicht gut tut! Warum hast du das nicht gleich gesagt? Hier, nimm, was du brauchst, ich hatte gestern, bevor ich herkam noch ziemlich viel. Ich brauche vorerst nichts."

Damit trat sie zurück und ließ ihn an das Gras heran. Strider hob den Kopf und sah ihr in die Augen, die wunderschönen, hellblauen Augen und erkannte darin mit einem Mal etwas, das ihm warm ums Herz werden ließ: Fereys tiefe Liebe zu ihm. Sie liebte ihn wirklich, so sehr, dass sie ihm ohne zu Zögern ihren Anteil des Futters überließ und nicht nachfragte, ob sie teilen könnten. Ohne weiter auf das Gras zu achten, streckte er die Nüstern vor und strich ihr über die Wange. Das Gras war vergessen, alles was zählte war Ferey und ihre Liebe. Der Kopf der Falbstute schlüpfte unter seiner Kehle hindurch und legte sich über Striders Hals. Dieser tat es ihr nach und so standen sie da, bis die Sonne schon ein Stück über dem Horizont hing. Ferey zog sich als erste zurück und sah auf das Gras hinunter, das Strider immer noch nicht angerührt hatte.

"Du solltest jetzt wirklich essen. Wir brechen bald auf."

Strider nickte und erwiderte neckisch:

"Natürlich, Ferey, die große Leitstute."

Sie kniff ihm kurz ins Ohr und marschierte dann ein Stück weiter Richtung Waldrand. Strider fraß das Grasbüschel diesmal ganz ab, weil er ohnehin das letzte Mal hier war. Danach lief er Ferey hinterher und holte sie ein, als sie nur noch wenige Schritte vom Ende des Wäldchens entfernt war. Es war das entgegengesetzte Ende der Herde. Schließlich durften sie nicht gesehen werden.

Ob Alic es schafft, uns Piceny vom Leib zu halten?, fragte sich Strider und dachte an den Apfelschimmel, mit dem er sich immer großartig verstanden hatte.

Ferey hatte nicht nach ihm gefragt, weder, warum er nicht bei ihnen war, noch, wo er war. Als ob sie seine Gedanken gelesen hätte, drehte sich die Stute zu ihm um und fragte:

"Was hat Alic dir gestern noch gesagt? Ich bin ziemlich bald eingeschlafen, deshalb habe ich das nicht mitbekommen."

Strider wusste nicht so recht, wie er es ihr erzählen sollte. Dann holte er tief Luft und erklärte schlicht: "Alic dachte erst, er würde uns helfen, wenn er mitkommt. Dann ist ihm aber klar geworden, dass das nicht ganz so sein wird. Also hat er beschlossen, zur Herde zurückzugehen und Piceny davon abzuhalten dir zu folgen. Er meinte, Piceny hätte dich gerne als Leitstute gehabt. Stimmt das, war er so vernarrt in dich?"

Ferey nickte und erwiderte:

"Ja, Piceny hat mich wirklich sehr gern. Ich fürchte, wenn ich noch ein paar Tage länger geblieben wäre, wärst du nicht mein einziger Hengst..."

Strider verstand und warf den Kopf in die Höhe.

"Na dann bin ich froh, dass Alic dir geholfen hat!"

Ferey sah ihn liebevoll an, dann wandte sie den Blick wieder dem fernen Horizont zu. Die Spitzen eines Waldes waren hinter sanften Hügeln zu erkennen und eine kleine Herde graste am Rande eines anderen Wäldchens. Die schemenhaften Gestalten standen dicht beieinander, was seltsam war, für eine freie Herde. Als Strider genauer hinsah, stellte er fest, dass die Pferde nicht grasten, sondern in unterwürfiger Haltung dastanden, den Kopf gesenkt vor einem höheren Tier. Ferey schien es ebenfalls bemerkt zu haben, denn sie sah ihn schockiert an.

"Sie sind in Gefahr! Wir müssen ihnen helfen."

Dass bei dieser Herde etwas nicht stimmte, hatte Strider auch schon kapiert, nur dachte er nicht, dass sie ihnen helfen mussten. Immerhin kannten sie diese Pferde nicht im Geringsten. Doch bevor er etwas sagen konnte preschte Ferey davon. Ihm blieb nichts anderes übrig, als ihr zu folgen. Also galoppierten sie gemeinsam über die flachen Ebenen, bis sie die Pferde genauer erkennen konnten. Entsetzen traf Strider wie ein Schlag, als er den Chef der Herde erkannte. Es war Anio, sein Bruder, der gehen musste, weil er bereits zu alt für die Herde gewesen war. Der Falbe schien bereits eine neue Herde gegründet zu haben, wobei die Stuten zu alt aussahen, um seine Töchter zu sein.

Er muss bei anderen Herden welche angeworben haben. Strider hatte bereits gehört, dass es möglich war, bei fremden Herden den Chef herauszufordern, um eine der jüngeren Stuten bekommen zu dürfen. Wie es aussah, hatte Anio eben bei solchen Kämpfen ziemlich erfolgreich abgeschnitten. Nun aber stand der Hengst, ebenso wie die anderen Herdenmitglieder, in einer Haltung da, die eines Anführers unwürdig war. Strider trat näher und sah genauer hin. Den seltsamen Silberstaub, der seine Ziehmutter und so viele seiner Familienmitglieder getötet hatte, als er noch ein Fohlen war, war nicht zu sehen. Auch waren die Felle der Pferde gewöhnlich und nicht versteinert. Er wieherte leise, um auf sich aufmerksam zu machen, mögliche Feinde aber nicht zu alarmieren. Anio sah auf, hielt den Kopf zwar weiter gesenkt, erkannte Strider aber dennoch. Seine Augen wurden groß und er warf ängstliche Blicke rund um sich, bevor er den Kopf ein Stück hob. Strider verstand nicht, was dem Hengst solche Sorgen bereitete. Er konnte weit und breit nichts erkennen, was nach Gefahr aussah. Selbst in den Schatten unter den Bäumen sah er nichts Außergewöhnliches. Trotzdem schienen diese Pferde vor irgendetwas so Angst zu haben, dass sie seit Tagen nicht gefressen hatten. Strider konnte die Rippen unter Anios Fell und dem seiner Stuten erkennen und selbst die Fohlen sahen nicht allzu wohlgenährt aus. Ferey stieß Strider an und flüsterte ihm leise ins Ohr.

"Kennst du diese Pferde? Wer sind sie? Vor was haben sie solche Angst?"

Strider wisperte zurück:

"Der Herdenchef ist mein Bruder, Anio. Die Stuten kenne ich nicht, aber es scheint, als ob sie von anderen Herden kommen."

Immer noch flüsternd fügte er ratlos hinzu:

"Ich habe keine Ahnung, wovor sie sich so fürchten, oder warum sie nicht fressen. Sieh dir nur die Fohlen an! Die sind doch niemals gesund!"

Fereys Blick huschte wieder zur Herde vor ihnen. Als sie die Fohlen musterte, weiteten sich ihre Augen mit einem Mal.

"Das… das kann nicht sein!", rief sie aus, wobei sie immer noch auf ihre Lautstärke achtete. Strider folgte ihrem Blick.

"Was kann nicht sein? Was ist los?"

Ferey schnappte nach Luft und starrte eines der Fohlen an, als wäre es ein Geist.

"Wie… wie ist das möglich?"

42. KAPITEL

Ferey begann langsam und mit Abstand um die Herde herumzugehen, Strider folgte ihr, verwirrt und vorsichtig. Als sie am anderen Ende der kleinen Gruppe ankamen, bemerkte er, dass hier doch mehr Pferde waren, als er erst angenommen hatte. Weitere Stuten, aber auch Fohlen drängten sich hier zusammen. Unter ihnen eine Stute, die Ferey zum Verwechseln ähnlich sah. Allerdings war Ferey hellgrau mit silber-weißem Langhaar, während die fremde Stute dunkelgraues Langhaar und hellgraues Fell hatte. Und dennoch, die beiden könnten Schwestern sein. Ferey starrte die Falbstute an und krächzte mit heiserer Stimme: "Taja?"

Die fremde Stute drehte den Kopf zu ihr und ihre Augen weiteten sich. Ihr Kopf schoss in die Höhe und sie wieherte erfreut.

"Ferey!"

Sie stürmte auf Ferey zu und die Ohren der anderen Pferde zuckten erschrocken. Auf halbem Weg zu Ferey knallte es plötzlich und noch im selben Augenblick kippte Taja zur Seite und prallte auf den harten Untergrund. Ferey schrie entsetzt auf, sprang vorwärts und wollte zu ihrer Freundin. Doch Strider reagierte schnell, schnappte nach ihrer Mähne und hielt sie zurück. Was auch immer die Falbstute getroffen hatte, er konnte nicht zulassen, dass es auch Ferey erwischte. Die Stute wollte weiter, zog und zerrte, um freizukommen, aber Strider hielt sie zu fest. Wütend und verzweifelt drehte sie den Kopf so gut es ging zu ihm herum und starrte ihn an.

"Sie ist meine Schwester! Ich muss ihr helfen! Außerdem hat sie ein Fohlen, um das sie sich kümmern muss! Sie darf nicht sterben!"

Die Verzweiflung in ihren Augen wuchs und Strider ließ los. Er konnte sich nur zu gut vorstellen, wie es war, jemand Geliebten zu verlieren. Wenn ein Pferd, das einem nahesteht plötzlich und ohne Vorwarnung stirbt, ist es schrecklich. Braem, Omir, seine ungeborene kleine Schwester und so viele mehr aus der Herde des Windes, der Herde, in der er geboren und aufgewachsen war… Alle waren sie dem rätselhaften Wesen zum Opfer gefallen. Und es war nur seine Schuld gewesen. Nun wollte er Ferey nicht verbieten, sich von ihrer Schwester zu verabschieden, falls sie wirklich sterben würde.

Langsam folgte er Ferey, die nun zu Taja lief. Die graue Falbstute lag seitlich am Boden, die Beine von sich gestreckt, ein Blutrinnsal rann aus ihrem Maul. Ihre Augen waren vor Schreck geweitet, aber sie lebte noch. Ferey sank neben ihr zu Boden und presste die Stirn an den Hals ihrer Schwester. Leise wimmernd rieb sie ihren Kopf daran. Strider blickte auf, als er Schritte näherkommen hörte. Anio trat zu ihnen, den Kopf gesenkt, die Augen voller Trauer. Er legte sich neben seiner Stute ins verdorrte Gras und sah ihr in die Augen.

"Was hast du getan? Du wusstest, was passieren würde! Warum bist du gelaufen, warum hast du dich entfernt?"

Als Taja zu sprechen begann, war ihre Stimme schmerzerfüllt, leise und kaum zu verstehen. Strider musste sich anstrengen, um ihre Worte überhaupt zu hören.

"Sie… sie ist meine Schwester, Anio. Ich habe sie jahrelang nicht gesehen, ich dachte, sie sei… tot."

Sie warf einen liebevollen Blick auf Ferey, deren Augen immer dunkler wurden.

"Ich habe mich so gefreut, sie zu sehen. Da bin ich losgerannt... ohne nachzudenken. Mir ist erst später eingefallen... dass wir nicht gehen sollten. Aber da... war es schon... zu spät. Ich werde sterben, Anio, ich... ich weiß es. Ich kann nichts dagegen tun, ich nicht... und auch sonst keiner. Aber wenigstens seid ihr jetzt frei. Ich... sterbe... damit ihr wieder leben könnt."

Ihre Stimme wurde immer leiser und Strider spitzte die Ohren, um auch ihre letzten Worte noch zu verstehen.

"Sag... sag Denam, dass ich ihn liebe, und dass er... dass er mit Ferey gehen soll. Sie... wird ihn mindestens genauso lieben wie ich…"

Ein letztes Mal sog die Stute Luft in ihre Lungen ein, dann wisperte sie Anio noch ein paar Worte zu, bevor sie für immer verstummte. Anio fing ihren fallenden Kopf sachte mit dem seinen auf und legte ihn sanft zu Boden. Dann presste er seine Stirn an die seiner Stute und verharrte in tiefer Trauer.

Ferey sah Strider schockiert an, dann wieherte sie leise auf und legte den Hals über Tajas Schultern. Strider musste sich mächtig zusammenreißen, um nicht ebenfalls schwach zu werden. Er hob langsam den Kopf und bemerkte, dass inzwischen die restliche Herde näher gekommen war. Die Fohlen standen dicht an ihre Mütter gedrängt und sahen entsetzt auf die tote Stute. In den Blicken der anderen Stuten erkannte Strider Trauer, aber auch Erleichterung.

War sie so unbeliebt?

Ihm fiel auf, wie schnell Anio gekommen war, um sich zu verabschieden.

Vielleicht war sie die Leitstute und die anderen waren bloß neidisch…

Dann schoss ihm ein anderer Gedanke in den Kopf. *Sie sind froh, weil die unbekannte Bedrohung endlich aufgehört hat. Durch Tajas Tod ist das Unheil von ihnen abgewandt. Was auch immer es war.*

Er sah in die Gesichter der Fohlen und erinnerte sich plötzlich daran, dass sowohl Ferey, als auch Taja selbst ein Fohlen erwähnt hatten. Er betrachtete ein Fohlen nach dem anderen, erkannte aber keines, das Tajas Sohn sein könnte. Nach ein paar Augenblicken, in der man nur Fereys Wimmern hören konnte, teilte sich die kleine Gruppe von Pferden und ein kleines Fohlen trat hervor. Strider blickte in die traurigen Augen des kleinen Hengstes und entdeckte darin dasselbe Blau, wie in Tajas und Fereys Augen.

Das muss Denam sein, Tajas Sohn, schlussfolgerte er.

Er trat auf das Fohlen zu und musterte es. Denam sah aus, wie eine kleinere Version von Taja, nur die Beine waren weniger dunkelgrau, als die seiner Mutter. Auch der kleine rosa Fleck zwischen ihren Nüstern fehlte bei ihm. Aber dennoch konnte jedes Tier erkennen, dass er ihr Sohn war. Strider drehte den Kopf kurz zu Taja um, dann blickte er wieder Denam an. Der kleine Hengst trat an seine Mutter heran, senkte den Kopf und stupste sie sachte an. Mitleid für das Fohlen zerriss Strider fast das Herz und er ging leise zu Ferey. Sie blickte auf und entdeckte Denam jetzt auch. Das Fohlen wieherte verzweifelt und stieß mit dem Kopf gegen die Brust seiner Mutter. Fereys Augen wurden düster. Sie sah Strider an, aber bevor sie etwas sagen konnte, erhob sich Anio. Der Falbe ging zu seinem Sohn und zog ihn sachte von seiner toten Mutter weg.

"Hey, Denam..." Mit sanfter Stimme beruhigte er das Fohlen. "Deine Mutter wird nicht mehr aufwachen."

Denam sah entsetzt zu ihm auf.

"Aber das muss sie! Sie muss wieder aufstehen! Ich brauche sie doch!"

Strider wurde von Mitleid gepackt, während Anio leise weitersprach.

"Sie wird nicht mehr aufwachen, Denam, sie ist tot." Seine letzten Worte verklangen in der stillen Luft. Strider wartete, dass Anio seinen Sohn trösten würde, aber dieser ließ von dem kleinen grauen Falben ab, senkte nur den Kopf und ließ Denam zur Stute am Boden zurückkehren. Das Fohlen legte sich neben seine Mutter und bettete seinen Kopf auf ihre Vorderbeine, die Augen fest auf ihren Kopf gerichtet. Ferey warf einen kurzen fragenden Blick auf Strider, dann stand sie auf, ging um Taja herum und legte sich neben Denam. Ohne aufzusehen, lehnte sich der kleine Hengst an sie und schloss erschöpft die Augen. Strider sah zu, wie die Atemzüge des Fohlens tiefer wurden, bis es eingeschlafen war. Die restliche Herde drängte sich um Taja, Ferey, Denam, Anio und Strider, ließ sich nieder und weilte diese Nacht schweigend neben der Stute, die sich geopfert hatte, um sie alle zu retten.

Was auch immer es gewesen war, jetzt sind sie frei, dank Taja.

43. KAPITEL

Am nächsten Morgen verabschiedeten sich Strider, Ferey und Denam von Anio und seiner Herde. Der Herdenchef liebkoste seinen Sohn kurz, dann wandte er sich an Strider und Ferey.

"Passt bitte gut auf ihn auf. Er hat eben erst seine Mutter verloren, es ist bestimmt schwer für ihn, jetzt auch noch die Herde zu verlassen. Kein Fohlen sollte solchen Verlust zu spüren bekommen."

Striders Herz zog sich zusammen. Er selbst hatte seine Mutter verloren, als er gerade ein paar Tage alt gewesen war. Ferey warf ihm einen vielsagenden Blick zu und er erklärte Anio:

"In der ersten Nacht, nachdem du die Herde verlassen hast, starb Omir."

Der Falbe sah ihn schockiert an.

"Einfach so? Wie..."

Strider unterbrach ihn und erzählte ausführlich.

"Sie und Braem erstarrten zu Stein. Ein Silberstaub, wie ich damals gedacht habe, hat sie versteinern lassen. In Wirklichkeit wurden sie aber beide von einem kaltblütigen Wesen getötet, das den Silberstaub nur als Ablenkung benutzt hat. So sind sie beide gestorben. Wir haben uns von ihnen verabschiedet, dann ist die ganze Herde weggezogen. Somuran wollte nicht, dass wir länger dieser Gefahr ausgesetzt waren. Wir haben uns nie wirklich wo niederlassen können, das Wesen hat uns verfolgt. Keiner außer mir weiß, dass es nicht der Silberstaub selbst, sondern dieses Wesen war. Einzig Ikan habe ich davon erzählt."

Anios Blick wurde sehnsüchtig, als Strider seine Schwester erwähnte. Der helle Hengst fuhr mit seiner Erzählung fort.

"Viele Pferde, Stuten und Junghengste, aber auch Fohlen starben deswegen. Irgendwann hatte ich einen Traum. Ich weiß, das klingt jetzt wahrscheinlich seltsam, aber es ist wahr."

Anios Augen wurden immer größer und auch Fereys Blick wurde neugierig. So ausführlich hatte Strider seine Geschichte noch nie erzählt.

"Damals träumte ich, dass Ikan auch sterben würde. Und es war meine Schuld. Also verließ ich die Herde, um sie und alle anderen zu schützen. Ich war damals einenhalb Jahre alt. Ja, wir sind ein ganzes Jahr umher gezogen, verfolgt und von Angst getrieben.", fügte er hinzu, weil Anios Gesichtsausdruck Entsetzen zeigte. "Ich habe mich noch von Ikan verabschiedet, bevor ich ging, weil ich nicht wollte, dass sie sich Sorgen macht. Damals war Herbst, im Frühling danach traf ich auf Chesire, welcher die Herde kampflos verlassen hatte. Er erzählte mir, dass nach meinem Weggehen die plötzlichen Tode durch den Staub aufgehört hatten. Also wusste ich, dass ich das Richtige getan hatte. Im Sommer schloss ich mich dann einer anderen Herde an…", er warf einen liebevollen Blick auf Ferey. "…der Nachtherde. Dort lernte ich Ferey kennen und als ich vor ein paar Tagen gehen musste, kam sie mit mir."

Anio blickte von Strider zu Ferey und wieder zurück.

"Deine Geschichte ist traurig und aufregend zugleich. Aber wenn Omir starb, als du noch so klein warst, weißt du bestimmt gut, wie du mit Denam umgehen musst. Ich glaube, bei euch ist er sicher."

Das kleine Fohlen hatte sich inzwischen von seinen Freunden, den anderen Stuten und Taja verabschiedet und kam nun zu ihnen getrottet. Denam hob den Kopf und sah Ferey fragend an.

"Gehen wir jetzt?"

Da lag keine Ungeduld in seiner Stimme, nur die stumme Angst, seine Mutter endgültig verlassen zu müssen. Er hatte seit ihrem Tod die ganze Zeit neben ihr gelegen, den Kopf auf ihren Vorderbeinen. Alle, die sich von ihm verabschiedet hatten, waren zu ihm gegangen, denn er wollte nicht aufstehen. Ferey senkte die Nüstern und strich ihm sanft über die Wange.

"Wir gehen bald."

Strider nickte zustimmend und wandte sich an Anio. "Wir müssen wirklich weiter. Es war schön, dich getroffen zu haben, trotz der Umstände."

Er warf einen Blick auf Taja, die ein paar Schritte neben ihnen lag, dann senkte er den Kopf vor Anio. Dieser berührte ihn sachte mit den Nüstern an den Ohren, Strider hob den Kopf und nickte stumm, Anio tat es ihm nach. Ferey sah verwirrt zu und Denam fragte verwundert:

"Was macht ihr?"

Anio sah zu seinem Sohn.

"Das ist der Gruß unter Pferden unserer Herde. Freut mich, dass du ihn kennst, Strider.", wandte er sich an den hellen Falben. Dieser spitzte die Ohren.

"Das war das Erste, das Omir mir beigebracht hat! Glaub mir, das vergesse ich nicht so schnell.", schnaubte er fröhlich. "Also, bereit?", erkundigte er sich dann bei Ferey und Denam.

Beide nickten und verabschiedeten sich ebenfalls von Anio. Dieser wünschte ihnen viel Glück und sah ihnen nach, als sie davon trabten. Strider spürte Freude in sich aufsteigen. Seine Herde war bereits um ein Mitglied gewachsen. Über die Monate würden es immer mehr werden, das wusste er. Jetzt fehlte nur noch eins: Ein sicherer Ort zum Leben.

44. KAPITEL

Denam war überraschend ausdauernd. Strider und Ferey passten ihr Tempo dem des Fohlens an, trotzdem kamen sie gut voran. Weder Strider noch Ferey wussten, wohin sie sollten, also gingen sie immer weiter Richtung Sonnenuntergang. Abends hatten sie oft Glück und fanden ein paar Büsche oder Senken, in denen sie schlafen konnten. Ab und zu kamen sie auch in kleine Wälder, doch dort blieben sie nicht länger als nötig. Der kühlende Schatten der Bäume bot Abwechslung zu den heißen Sonnenstrahlen. Dankbar rekelten sich die drei Pferde unter den Bäumen, die langsam verblühten. Wochen vergingen und die Tage wurden länger und heißer. Immer öfter schleppten sich die drei langsam dahin.

Eines Tages, sie waren jetzt schon etwa drei Monate unterwegs, fanden sie einen Wald aus einigen dürren Bäumen. Trotz der dünnen Äste trugen sie reichlich Laub, welches auf dem Boden ein geflecktes Muster aus Licht und Schatten erscheinen ließ. Erfreut, der brennenden Sonne zu entkommen, ließen sich die drei Pferde nieder und ruhten sich aus. Die Schatten waren angenehm kühl und das Rauschen der Blätter über ihnen beruhigte sie. Seit Tagen wehte ein unangenehmer Wind. Er war keineswegs erfrischend, sondern warm und trug Staub und Sand mit sich. In den Blättern fing sich dieser Schmutz und rieselte auf Striders Kopf. Ihn störte das nicht. Er war eingeschlafen, kurz nachdem er sich niedergelassen hatte. Denam schlief an Fereys Flanke, welche den Kopf über Striders Rücken gelegt hatte. Ihr warmer Atem strich warm über seinen Hals und sorgte für Ruhe in Striders Gedanken.

Strider schlug die Augen auf und blickte in ein cremefarbenes Gesicht. Als er den hellbraunen Schopf erblickte, erkannte er Somuran, der vor ihm stand. Er trat einen Schritt zurück, als Strider aufstand. Er wusste, dass er träumte und freute sich, seinen Vater zu sehen.

"Was gibt's?", begrüßte er Somuran mit einer Frage.

Dieser sah ihn mit leuchtenden Augen an.

"Ich weiß, wo ihr bleiben könnt!", verkündete er und Strider spitzte die Ohren.

"Drei, vier Tagesreisen von hier gibt es einen kleinen Wald durch den ein Bach fließt. Raubtiere meiden dieses Gebiet, weil es keine Unterschlupfmöglichkeiten für sie gibt. Gerade deshalb ist es wie geschaffen für euch!"

Er strahlte und Strider ließ sich von der Freude seines Vaters anstecken und fragte aufgeregt:

"Wo ist es? Weiter Richtung Sonnenuntergang?"

Diesmal verneinte Somuran.

"Nein, ihr müsst am Waldrand entlang gehen, bis ihr eine Eiche mit bemoostem Stamm findet. Wenn ihr zu diesem Gebiet kommen wollt, geht so, dass diese Eiche hinter euch ist. Wie gesagt, in ein paar Tagen werdet ihr dort angekommen sein!"

Er nickte zum Abschied, das Bild seines Vaters verblasste und Strider wachte auf. Er spürte, wie sein ganzer Körper vor Begeisterung zu kribbeln begann. Zufrieden schloss er die Augen wieder und dachte:

Ich finde diesen Ort!

45. KAPITEL

Denam, der Strider leicht in die Flanken trat, weckte den Falben. Er sah auf und merkte, dass er nach seinem Traum von Somuran wieder eingeschlafen war. Ferey stand hinter Denam und blickte auf ihn hinab. Beide schienen erschöpft von der langen Reise und Strider war froh, ihnen endlich berichten zu können, dass ihre neue Heimat nicht mehr weit war. Er rappelte sich auf und gab Denam einen Nasenstüber, dann richtete er sich auf.

"Ich weiß, wohin wir gehen werden!", teilte er den beiden mit und sofort wurden ihre Augen hoffnungsvoll. "Mein Vater hat mich im Traum besucht und mir gesagt, wo wir bleiben können. Es ist nur ein paar Tage entfernt von hier. Sollen wir los?", fuhr er fort.

Denam nickte hektisch, aber Ferey schüttelte den Kopf.

"Wir müssen erst noch etwas essen. Sonst kommen wir wohl nicht weit."

Sie drehte sich um sich selbst und verharrte, als Denam an ihr vorbei stürzte und in die Mitte des Waldes lief. Strider beeilte sich, dem Fohlen zu folgen, und auch Ferey lief ihm nach. Bei Denam angekommen fanden sie frisches Gras, das sie alle stärken würde. Rasch verspeisten sie die Halme, dann führte Strider sie zum Waldrand zurück. Dort teilten sie sich auf und suchten nach der moosigen Eiche. Strider fand sie nicht, aber Fereys Wiehern rief ihn zu ihr und Denam. Sie standen neben dem Baum und sahen erfreut und die Richtung, die Strider ihnen beschrieben hatte. Er setzte sich an die Spitze und sie trabten los. Bald schon wurde er von Denam überholt, der ausgelassen vor ihnen her galoppierte. Ferey wieherte fröhlich und Strider spürte Glückseligkeit in sich aufsteigen. Nicht mehr lange und sie würden ihr neues Zuhause erreicht haben.

46. KAPITEL

Zwei Tage waren vergangen, seit Strider mit Ferey und Denam aufgebrochen war, um ihr endgültiges Zuhause zu finden. Somuran war ihm noch einmal im Traum erschienen und hatte ihm bestätigt, dass sie auf dem richtigen Weg waren. Noch war vom Wald, den er Strider beschrieben hatte, nichts zu sehen. Sie waren in einem Tempo gelaufen, das sowohl für ihn und Ferey angemessen war, als auch Denam nicht zu schnell erschöpfen ließ. Jetzt ruhten sie sich neben einem kläglichen Bachlauf aus, der kaum genug Wasser führte, um die Nüstern darin zu kühlen. Denam lehnte an Fereys Flanke und ließ sich von ihr Geschichten aus ihrer Kindheit erzählen. Die meisten davon beinhalteten auch Taja. Ferey genoss es, ihre Erlebnisse mit Tajas Sohn zu teilen. Denams Augen leuchteten jedes Mal erfreut auf, wenn Ferey von einer Niederlage in einem spielerischen Kampf gegen Taja berichtete und Strider konnte erkennen, wie stolz der kleine Hengst auf seine Mutter war. Es tat ihm leid, dass Denam sie nur so kurz gekannt hatte, zumal er es sehr gut verstand. Omir war ebenfalls viel zu früh gestorben. Strider hatte kaum zwei Tage unter ihrer Fürsorge genießen dürfen, dann hatte ein Wesen sie getötet.

Fereys Stimme riss ihn aus seinen Gedanken:

"Sollen wir weiter?"

Sie waren bereits weit gereist und die Erschöpfung begann wieder an ihnen zu zehren. Denams zierliche Gestalt war noch dünner geworden. Auch Ferey hatte abgenommen und Strider machte sich Sorgen um sie. Aber er konnte

nichts anderes tun, als zu hoffen, dass sie ihr Ziel bald erreichen würden und nahm sich vor, genug Erholungspau-
sen in ihre sonst stetig trabenden Schritte einzubauen.

"Ja, lasst uns noch ein Stück gehen", erwiderte Strider
und erhob sich.

47. KAPITEL

Nachts lagen Strider und Ferey dicht beieinander und unterhielten sich, während Denam an Fereys Bauch geschmiegt schlief.

Ferey wollte wissen, wie Strider die Herde aufbauen wollte, ob er einzig darauf bauen wollte, dass streunende Stuten sie zufällig finden würden oder ob er welche suchen würde. Als Strider merkte, wie gedankenlos sein Vorhaben gewesen war, ärgerte er sich. Wieso hatte er nicht erst nach weiteren Stuten gesucht und dann nach einem Gebiet für die Herde. Ferey beruhigte ihm, sanftmütig wie immer.

"Mach dir nicht zu viele Gedanken.", riet sie ihm. "Wir können uns doch erst auf uns konzentrieren und der Rest ergibt sich. Weißt du, es gibt viel mehr einsame Stuten, als du mir glauben würdest."

Strider legte den Kopf über ihren Hals.

"Ich glaube dir sowieso alles, also sei dir da nicht so sicher!"

Ferey schnaubte belustigt und machte es sich zum Schlafen bequem.

"Gute Nacht!", flüsterte sie Strider noch ins Ohr, dann schloss sie ihre Augen und wenig später hörte er nur mehr ihr langsames Atmen.

Er hob den Blick zu den Sternen und dachte wieder einmal an Omir und ihre ungeborene Tochter. Das Fohlen war noch nicht auf der Welt gewesen, als die Stute versteinert worden war und somit ebenfalls gestorben. Immer wieder hatte Strider sich gefragt, ob es einen Ort gab, an den Omir nach ihrem Tod gelangt war.

Somurans Geist sah Strider manchmal in seinen Träumen oder schwierigen Situationen, ebenso Olary, den Rappen, den Strider nie lebend gekannt hatte, der ihm aber
ebenfalls oft half, wenn er ihn brauchte. Die beiden waren
Geister, begleiteten ihn immer, auch wenn er sie nicht sah
und schwebten um ihn herum. Omir aber hatte er noch nie
gesehen, genauso wenig eines der anderen versteinerten
Pferde. Entweder, sie lebten irgendwie noch, oder sie waren an einem Ort, den lebende Wesen nicht kannten, dessen einziger Sinn darin bestand, den Toten eine neue Heimat zu bieten.

Strider dachte noch lange über die verschiedensten The-
orien zu jenem Ort nach. Erst als der Mond den höchsten
Punkt erreichte, schlief er schließlich ein.

48. KAPITEL

Strider wachte auf, als er Ferey panisch wiehern hörte. Er riss den Kopf hoch und erblickte sie ein paar Schritte entfernt, in der Bewegung erstarrt. *Ist sie zu Stein geworden?*, schoss dem Hengst durch den Kopf, aber dann erkannte er, dass sich ihr Schweif im Wind bewegte.

Er rappelte sich auf und trabte vorsichtig zu ihr hinüber. Denam konnte er nirgends erblicken.

"Wo ist Denam?", fragte er Ferey nach dem Fohlen. Sie sah ihn an, Angst lag in ihrem Blick. Angst um ihr Leben und das derer, die sie liebte.

Diesen Blick kenne ich!, erkannte Strider und sah sich wachsam um. *Wo ist es? Es muss hier sein!*

Er suchte die Umgebung mit den Augen nach dem Wesen ab, das seine Familie verfolgt hatte.

Ich hatte so lange meine Ruhe vor dir, wieso gerade jetzt?, fragte er sich und Wut brodelte in seinem Bauch.

Dieses Wesen würde ihm nicht auch noch Ferey nehmen. Da blieb sein Blick an einem dunkelbraunen Fleck hängen, der zwischen zwei Sträuchern stand. Als er genauer hinsah, erkannte er, dass es das Wesen sein musste. Er hatte es immer nur aus der Ferne gesehen, aber er wusste einfach, dass es hier war.

"Es will Ferey.", flüsterte eine Stimme in Striders Kopf und er sah sich um.

Außer Ferey und dem Wesen war aber niemand hier.

"Ich bin's, Olary.", wurde er gleich darauf aufgeklärt.

Strider war froh, jemanden zu haben, der das Wesen bereits kannte, und der ihm helfen konnte.

"Weißt du, wo Denam ist?", dachte er angestrengt und versuchte, die Worte an Olary zu senden.

Sogleich bekam er die Antwort:

"Ich habe im Traum mit ihm geredet. Ich habe ihm einen Auftrag gegeben, der ihn ein Stück von hier entfernt hingebracht hat. Er ist in Sicherheit."

Strider war kurz erleichtert. Wenigstens ging es dem Fohlen gut. Aber Ferey war in Gefahr!

"Was soll ich tun?", bat er Olary um Hilfe.

"Warte, was es vorhat. Du wirst wissen, was du tun musst." lautete die Antwort.

Gleich darauf spürte Strider eine unheimlich Leere in seinem Kopf.

Er ist weg! Wo ist er?

"Olary?!", rief er den schwarzen Hengst in Gedanken.

Doch sein heimlicher Helfer reagierte nicht.

Dann muss ich es wohl selbst in Angriff nehmen, beschloss er und beobachtete das Wesen genau.

Es stand still und erwiderte seinen Blick stumm. Nach ein paar Herzschlägen bewegte es sich langsam und hob zwei dürre Körperenden hoch. Strider vermutete, dass es seine Beine waren, auch, wenn sie in der Luft hingen, statt auf dem Boden zu stehen. Generell hatte dieses Wesen eine seltsame Figur. Es stand aufrecht da, zwei der Gliedmaßen berührten den Boden und schienen sein Gewicht zu tragen. Die anderen beiden konnte es frei bewegen.

Das ist ein Mensch!, erkannte Strider plötzlich und erinnerte sich daran, wie Somuran ihm das Erscheinungsbild eines Menschen erklärt hatte.

"Sie haben nur zwei Beine. Die anderen dünnen Zweige nennen sie Arme. Die hängen seitlich an ihrem Körper und sie können alles Mögliche mit ihnen machen. Ähnlich wie bei uns die Hufe, befinden sich an den Enden der Arme bei Menschen sogenannte Hände. Damit können sie Dinge anfassen und aufheben. Frag mich bitte nicht, wie, aber sie können es."

Das waren Somurans Worte damals gewesen und Strider verglich die Beschreibung mit dem Wesen vor ihm. Sie passte perfekt. Er wollte es Ferey erklären, aber bevor er etwas machen konnte, streckte der Mensch die Arme von sich und zeigte auf Strider. Er hielt etwas in den Händen, das Strider unwillkürlich bekannt vorkam.

Das ist das Ding, mit dem es Ikan getroffen hat!, stellte er entsetzt fest und wappnete sich für einen Angriff.

Da schoss auch schon etwas auf Ferey zu, klein wie ein Kiesel und glänzend in der Sonne. Strider reagierte so schnell wie noch nie zuvor in seinem Leben. Er stürzte zu Ferey, stellte sich vor sie und schützte ihren Körper mit dem seinen. Er sah in die dunkelblauen Tiefen ihrer Augen und hoffte, sie würde ihn verstehen, auch wenn er nichts sagte. Ein dunkler Schatten trübte ihren Blick.

"Ich werde dich immer lieben!", flüsterte sie mit trauriger Stimme, während Strider einen heftigen Schmerz an der Schulter spürte.

Er wandte den Kopf dem Wesen zu, das er aus tiefstem Herzen hasste. Ein letzter Blick voller Feindseligkeit, dann wurde ihm schwarz vor Augen und er brach zusammen.

~~~

EPILOG

Somuran stand neben Olary und beobachtete, wie Strider zur Seite kippte, nachdem ihn das Wesen getroffen hatte. Ferey warf erschrocken den Kopf zurück, Angst blitzte in ihren blauen Augen. Dann wirbelte sie herum und floh. Ihr Schweif wehte hinter ihr her, als sie davon galoppierte. Somuran konnte kaum glauben, dass sie ein behindertes Bein hatte. Strider hatte wirklich gut mit ihr trainiert.

Somuran wandte seinen Blick wieder seinem bewusstlosen Sohn zu und sah, dass der Mensch näher getreten war. Er kniete sich neben Strider und legte eine Hand auf dessen Schulter. Somuran wollte nach vorne stürzen und ihn wegstoßen, aber Olary hinderte ihn daran.

"Lass gut sein! Du kannst ihm ohnehin nicht helfen."

Somuran blickte den Rappen frustriert an, gab aber auf. Sie sahen still zu, wie der Mensch ein paar Sätze in seiner Sprache murmelte und zugleich seine Hand von Striders Schulter zu seiner Stirn gleiten ließ. Ein sanftes Leuchten drang unter Striders Schopf hervor und schien in der Hand des Menschen zu verschwinden.

Olary hatte die Ohren gespitzt und aufmerksam gelauscht, während der Mensch gesprochen hatte. Jetzt erklärte er Somuran:

"Er hat ihm seine Erinnerungen weggenommen."

Somuran sog scharf die Luft ein.

Heißt das, wenn Strider mich wiedersieht, wird er mich nicht erkennen?

"Wird er sie wiederbekommen?", wisperte er in Olarys Richtung.

Dieser schüttelte seine Mähne.

"Ich weiß es nicht."

Nach wenigen Momenten zog der Mensch seine Hand zurück und berührte sanft das Gras neben Striders Hufen. Somuran sah, wie er wieder etwas sprach und plötzlich brachen aus dem Boden zwei Lianenartige Ranken hervor. Sie schlangen sich um Striders Beine und pressten sie ins Gras. Der Mensch ging um den bewusstlosen Hengst zu seinen Hinterbeinen herum. Dort erschienen ebenfalls Ranken, die Striders Hufe zu Boden schnürten.

Somuran hielt die Luft an. Wenn Strider erwachte, falls er wieder zu sich kommen würde, wäre er an den Boden gefesselt. Trotzdem blieb Somuran neben Olary stehen. Er hatte verstanden, dass er ohnehin nichts tun konnte. Es fiel ihm schwer, mit anzusehen, wie der Mensch um den reglos da liegenden Falben herum schritt und ihn eingehend musterte.

Jetzt ist er gefesselt und hat keine Erinnerungen. Wozu macht er das?, fragte er sich.

Er verstand die Absichten des Menschen nicht. Olary schien das einzige Pferd zu sein, das die Menschen verstehen konnte. Somuran wusste nicht, ob er die Fähigkeiten des Rappen gerne hätte, die ihm halfen, alle anderen Lebewesen zu verstehen.

Vermutlich nicht. Ich könnte Kojoten kaum noch ernst nehmen, wenn ich weiß, wie sie denken, überlegte er.

Eigentlich spielte es keine Rolle, denn er war tot.

Somuran war ein Geist mit einer Aufgabe. Diese war erfüllt, denn er hatte Strider gezeigt, wo er seine Herde ansiedeln konnte. Trotzdem konnte er keine Ruhe finden, weil sein Sohn jetzt erneut in Gefahr war. Somuran blickte zu Olary und merkte, dass der Rappe ihn feierlich ansah.

"Es ist in Ordnung, Somuran. Ich werde auf ihn aufpassen."

Seine dunkelbraunen Augen schimmerten sanft.

"Du kannst gehen." Während Somurans Verstand zu ergründen versuchte, was Olary damit meinte, spürte er, wie sich eine innere Ruhe in seinem Körper ausbreitete. Er senkte den Blick und sah, dass sich seine Hufe kaum noch vom Gras abzeichneten. Er löste sich auf. Somuran sah wieder zu Olary auf und neigte den Kopf.

"Danke", murmelte er, während sein Umriss vom Wind verweht wurde.

HIERARCHIE

Herde des Windes

Benyll - 18 Jahre; Rappstute mit einem weißen Kronrand und Stern; dunkles Maul

Diffy - 18 Jahre; Fuchsstute mit blondem Langhaar, zwei weißen Fesseln und Flocke; rosa Maul

Farnyth - 16 Jahre; Falbstute mit dunkelbraunem Langhaar, dunkelbraunen Beinen und Laterne; rosa Maul

Jeciec - 15 Jahre; Braune Stute mit dunklen Beinen und Strichblesse; rosa Maul

Mifan - 14 Jahre; Rappstute mit weißen Stiefeln und Stern; dunkles Maul

Nunay - 14 Jahre; Graue Stute mit schwarzem Langhaar, helleren Deppeln, schwarzen Socken, einer hellgrauen Fessel, einer helleren Krone und Blesse; dunkles Maul

Kijy - 11 Jahre; Dunkelbraune Stute mit schwarzem Langhaar, schwarzen Stiefeln und großem Stern; dunkles Maul

Ufyn - 11 Jahre; Fuchsstute mit etwas hellerem Langhaar, zwei weißen Socken und Strichblesse; dunkles Maul

Vika - 10 Jahre; Dunkelfuchs Stute mit weißen Flecken, zwei hohen weißen Socken und weißem Nasenrücken; dunkles Maul

Wyji - 9 Jahre; Dunkelgraue Stute mit drei weißen Socken und großem Stern; dunkles Maul

Cady - 9 Jahre; Falbstute mit schwarzem Langhaar, dunklen Stiefeln und Blesse; dunkles Maul

Omir - 8 Jahre; Palominostute mit hellblondem Langhaar, vier weißen Socken und heller Laterne, halb grau-, halb rosa Maul

Somuran - 7 Jahre; Cremefarbener Hengst mit hellbraunem Langhaar und dunklen Beinen; dunkles Maul

Bezuli - 7 Jahre; Braune Stute mit etwas dunklerem Langhaar und vier dunkelbraunen, hohen Socken; dunkles Maul

Befony - 6 Jahre; Fuchsstute mit etwas hellerem Langhaar, einer weißen Fessel, Stern und Strichblesse; dunkles Maul

Nortja - 6 Jahre; Palominoschecke Stute mit blondem Langhaar und Mehlmaul; rosa Maul

Peres - 5 Jahre; Schwarze Stute mit vier weißen Socken und gerader Blesse; dunkles Maul

Velay - 5 Jahre; Mittelbraune Stute mit schwarzem Langhaar, schwarzen, hohen Socken und weißem Stern auf der Stirn; dunkles Maul

Maley - 4 Jahre; Dunkelfuchsstute mit weißer Hinterhand, dunkelbraunen Tigerscheckungen, schwarzem Langhaar, zwei dunklen, hohen Socken; dunkles Maul

Wijoy - 3 Jahre; Hellbraune Palomino Stute mit blondem Langhaar, helleren Beinen und Blesse; dunkles Maul

Deliah - 3 Jahre; Mittelbraune Stute mit dunklem Langhaar und dunklen Beinen; dunkles Maul

Zedio - 3 Jahre; Brauner Hengst mit schwarzem Langhaar und drei weißen Fesseln; dunkles Maul

Filjao - 3 Jahre; Fuchshengst mit dunkelblondem Langhaar, vier weißen Fesseln und Blesse; dunkles Maul

Jamak - 3 Jahre; Dunkelbrauner Dunkelfuchs Hengst mit dunkelbraun-blond-rotbraunem Langhaar; dunkles Maul

Anio - 3 Jahre; Hellbrauner Falbe mit schwarzem Langhaar, schwarzen Socken bis Stiefeln und weißem Stern auf der Stirn; dunkles Maul

Braem - 2 Jahre; Dunkelbrauner Hengst mit etwas hellerem Langhaar; helleres Maul

Lefag - 2 Jahre; Schimmel Hengst mit dunkelgrauem Langhaar und schwarzen Socken; mittleres Maul

Elir - 2 Jahre; Rapphengst mit drei weißen Fesseln und Blesse; dunkles Maul

Kolag - 2 Jahre; Tigerschecke Hengst mit brauner Mähne, weiß-braunem Schweif und zwei braunen, hohen Socken; dunkles Maul

Surej - 2 Jahre; Weiße Stute mit blondem Langhaar und hellbraunen Fesseln bis Socken; rosa Maul

Rafil - 2 Jahre; Dunkelfuchsstute mit gerader Blesse und etwas hellerem Langhaar; dunkles Maul

Lorin - 2 Jahre; Fuchsstute mit blondem Langhaar und zwei weißen, hohen Socken; dunkles Maul

Taji - 1 Jahr; Schimmel Hengst mit blondem Langhaar; dunkles Maul

Ulenja - 1 Jahr; Schimmel Stute mit hellgrauem Langhaar; dunkles Maul

Ikan - 1 Jahr; Graubraune Falbstute mit fast schwarzer Mähne und Schweif, grauen Deppeln, dunklen Sprung- und Vorderfußwurzelgelenken, und hellen Fesseln; dunkles Maul

Chesire - 1 Jahr; Grauer Hengst mit hellerem Langhaar, hellem Kopf, hellen hohen Socken und hellem Unterbauch; dunkles Maul

Varein - 1 Jahr; Mittelbrauner Hengst mit schwarzem Langhaar, zwei weißen Socken, zwei etwas dunkleren Socken und Keilblesse; dunkles Maul

Galia - 1 Jahr; Dunkelgraue Stute mit hellen Fesseln und Keilstern; helles Maul

Hijai - 1 Jahr; Dunkelbraune Stute mit weißblondem Langhaar und zwei weißen Fesseln an der Hinterhand; dunkles Maul

Strider - Sehr heller Falbhengst mit schwarzem Langhaar und dunklen Socken bis Stiefeln; dunkles Maul

Ajinoy - Dunkelgoldener Hengst mit dunklerem Langhaar; rosa Maul

Tiney - Falbstute mit dunkelbraunem Langhaar, dunklen Socken, zwei weißen Fesseln und weißer Schnippe; dunkles Maul

Lafey - Heller Palominohengst mit helleren Beinen und Bauch und Flocke; dunkles Maul

Fony - Hellbraune Palominostute mit helleren Beinen und Bauch, und großem Keilstern; dunkles Maul

Julez - Dunkelbraune Stute mit schwarzem Langhaar, zwei weißen Flecken, drei hohen weißen Socken und einem niedrigem Socken; dunkles Maul

Baly - Hellbraune Stute; dunkles Maul

Doley - Grauer Hengst mit vier weißen Socken und unregelmäßiger Blesse; helles Maul

Eneky - Braune Stute mit schwarzem Langhaar, hohen, dunklen Socken und Keilstern; dunkles Maul

Aney - Falbstute mit dunkelbraunem Langhaar, hohen dunklen Socken; dunkles Maul

Nachtherde

Reyfi - 17 Jahre; Weiße Stute mit schwarzem Langhaar, zahlreichen kleinen schwarzen Flecken und dunklen Socken; dunkles Maul

Dalin - 17 Jahre; Lichtfuchs Stute mit blondem Langhaar, helleren Beinen; dunkles Maul

Paley - 9 Jahre; Weiße Stute mit schwarzem Langhaar, kleinen schwarzen Flecken und gefleckten Beinen; dunkles Maul

Piceny - 3 Jahre; Schwarzer Hengst mit vier weißen Socken und schmaler Spitzblesse; dunkles Maul
Alic - 2 Jahre; Weißer Hengst mit grauer Hinterhand, schwarzem Langhaar und vier schwarzen Socken; dunkles Maul
Ferey - 2 Jahre; Hellgraue Stute mit silber-weißer Mähne, silber-weißem Schweif, Aalstrich, inklusive Langhaar, dunklen Socken, weißen Fesseln und breiter Blesse, verkrüppeltes linkes Hinterbein; dunkles Maul; blaue Augen
Tores - 2 Jahre; Weißer Hengst mit schwarzem Langhaar und vier niedrigen schwarzen Stiefeln; dunkles Maul
Hely - Dunkelbrauner Hengst mit Stern; dunkles Maul
Unaki - Dunkelbrauner Hengst mit schwarzem Langhaar, einer weißen Fessel und Keilstern; dunkles Maul
Waliky - Weißer Hengst mit graubraunem Langhaar, hellen graubraunen Flecken und breiter Blesse; dunkles Maul

Sternenherde
Anio - 6 Jahre; Hellbrauner Falbe mit schwarzem Langhaar, schwarzen Socken bis Stiefeln und weißem Stern auf der Stirn; dunkles Maul
Taja - 4 Jahre; Hellgraue Stute mit dunkelgrau-schwarzem Langhaar, Aalstrich, inklusive Langhaar und dunklen Stiefeln; dunkles Maul; blaue Augen
Denam - 1 ½ Monate; Hellgrauer Hengst mit dunkelgrau-schwarzem Langhaar, Aalstrich, inklusive Langhaar und dunklen Fesseln; dunkles Maul; blaue Augen

GLOSSAR

Langhaar: Mähne und Schweif
Vorderfußwurzelgelenk: Gelenk in der Mitte des Vorderbeins
Sprunggelenk: Gelenk in der Mitte des Hinterbeins
Fesselgelenk: Verbindet Fessel- und Röhrbein bei Pferden, entspricht dem Fingergrundgelenk des Mittelfingers bzw. Zehengrundgelenk
Vorderhand: Alles vor der Hand des Reiters
Hinterhand: Alles hinter der Hand des Reiters
Mähnenkamm: Mähnenansatz
Aalstrich: Dunkler, schmaler Streifen entlang des Rückgrats, kann auch die Färbung von Mähne und Schweif teilen

Fellfarben
Rappe: Durchaus schwarzes Fell mit schwarzem Langhaar
Brauner: Rötliches bis bräunliches Fell, schwarze Beine und schwarzes Langhaar
Fuchs: Bräunliches, rötliches, gelbliches Fell mit gleichfarbigem oder hellerem Langhaar
Dunkelfuchs: Dunklerer Fuchs
Lichtfuchs: Fuchs mit etwas hellerer oder blond bis weißer Mähne
Palomino: Gelb bis goldgelbes Fell mit cremefarbenen oder weiß bis silbernes Langhaar
Falbe: Helles, sandfarbenes oder graues Fell mit schwarzem oder dunkelbraunem Langhaar und evtl. Aalstrich
Schimmel: Völlig weißes Pferd

Apfelschimmel: Gräuliches Pferd mit helleren Punkten und evtl. hellerem Langhaar oder
Weißes Pferd mit grauen Stellen und Punkten, Langhaar kann unterschiedlich sein
Schecke: Pferd mit klar begrenzten Flecken in einer anderen Farbe
Tigerschecke: Pferd mit kleinen runden dunklen Punkten (oder kleinen Flecken) auf dunklem Grund oder kleine, runde, helle Punkte auf dunklem Grund

Beinabzeichen
Weiße Krone: Abzeichen an der Vorderseite der Fessel direkt über dem Huf
Weißer Kronrand: Abzeichen, Rand direkt über dem Huf
Weißer Ballen: Abzeichen an der Hinterseite der Fessel direkt über dem Huf
Weiße Fessel: Abzeichen an der Fessel, vom Huf bis zum Fesselgelenk, Höhe kann variieren
Weiße Socke: Abzeichen vom Huf bis zum Vorderfußwurzelgelenk/Sprunggelenk, zumindest über das Fesselgelenk, Höhe kann variieren
Weißer Stiefel: Abzeichen vom Huf bis zum Beinansatz, zumindest über das Vorderfußwurzelgelenk/Sprunggelenk, Höhe kann variieren
Ganzes Bein: Ganz weißes Bein

Kopfabzeichen
Schnippe: Kleiner weißer Fleck im Bereich der Nüstern
Mehlmaul: Weißes Maul
Flocke: Kleiner, weißer Fleck auf der Stirn

Stern: Weißer Fleck auf der Stirn

Keilstern: Stern mit Ausläufer auf dem Nasenrücken

Blesse: Weißer Streifen auf dem Nasenrücken von der Stirn bis zu den Nüstern, kann sowohl symmetrisch, als auch unregelmäßig ausfallen, Länge und Breite kann variieren

Keilblesse: Spitz zulaufende Blesse

Laterne: Großes weißes Abzeichen bis ganz weißes Gesicht, schließt oft die Augenhöhle/n ein